谢女士 谢女士

谢舒/著

U1021059

天津出版传媒集团
百花文艺出版社

图书在版编目（CIP）数据

谢女士　谢女士 / 谢舒著. -- 天津：百花文艺出版社, 2017.1

ISBN 978-7-5306-7155-9

Ⅰ. ①谢…　Ⅱ. ①谢…　Ⅲ. ①散文集-中国-当代　Ⅳ. ①I267

中国版本图书馆CIP数据核字(2016)第271800号

图书监制:李勃洋　杨进刚　　**封面设计**:任　彦

责任编辑:赵世鑫　刘嘉悦

出版人：李勃洋

出版发行：百花文艺出版社

地址：天津市和平区西康路 35 号　**邮编**：300051

电话传真：+86-22-23332651（发行部）

+86-22-23332656（总编室）

+86-22-23332478（邮购部）

主页：http://www.baihuawenyi.com

印刷：天津金彩美术印刷有限公司

开本：787×1092 毫米　1/32

字数：120 千字　**插页**：2 页

印张：8.5

版次：2017 年1 月第1 版

印次：2017 年1 月第1 次印刷

定价：39.00元

目录

新移民

序:近乎小说的记忆

陈丹青

海外华人写下的闲书，多多少少，近年或许常在大陆出版,照实说,我很疑心这类闲书会有多少读者。早先的留学生文学、晚近的移民写作,虽则多有可写可说者,甚或夹带不少传奇，然与中原产出的文学一比较，究竟是边缘而零落的经验,不易捉拿人心。换在二三十年前,有谁去了域外,写了什么,发回来,读者尚有一窥留洋生活的好奇心,现在呢?

现在是连纸本书的读者亦告零落而边缘了。就我所知,倒是越来越多活在异域的中国人，稍有闲暇，便即忙着搜寻网络,打探母国的种种八卦——“讯息”,如今比“阅历”更能传播生效,俘获读者,谁还果然在乎他人的阅历么?曾几何时,一个人的阅历(不管什么阅历)恐怕等于讯息,而讯息(不管什么讯息)将要替代人的阅历了。

论阅历,五〇后四〇末这茬人,可谓多矣。有如一组庞大过滤器的经过之物,我们集体穿越了红色年代、饥荒岁月、“文革”风云、上山下乡、高考回城等等大戏，最后，若干事主居然得了机票，飞出国门……在这大抵相似而角色各异的共和国剧情中，眼下，我们无可抵赖地老了，人人肚子里一长串记忆，一大堆故事，感触、感慨、感悟，更是说不完——谢女士，便是其中一位，不但身份典型，阅历也典型。

谢女士是红二代（因此她对政治运动的切肤之痛，其实有甚于平民），是下乡知青（因此她对穷乡与穷人的认知，或许有甚于她的革命父母），是军区文工团演员（因此她免除了那代人普遍的自哀自苦，成为蹉跎路中的骄子），她也是二十世纪八十年代新文学兴起后的热情书写者之一（因此她发现自己除了表演，更热爱表达：十多年前，我曾有幸读到她的长篇小说的打印稿），经她坦然而生动的自述，出国后，她也曾出入于多数留洋者曾经出入的故事情节：做保姆、当雇员、求职、失业、创业……终于她渐渐地与夫婿相偕成为平心静气的成功者，在闲适而自尊的晚年生活中，坐下来，搅动记忆，写出这本书。

海外华人写作者（女性居多）大抵都有一种被海外经历所赋予的倾诉欲，加上无以安顿的前半生记忆，我们个个觉得仿佛做了两世人。人生一世，可记可述者已然太多，何况两世！这真是写作的财富，而也是写作的难：倾诉什么？怎样倾诉？倾诉给谁听？谢女士是练过长篇小说的写手，她会观察，而且存着太多的细节，她会将细节悄悄连接这代人多到近乎错位的身份与记忆，然后，在她自己的种种故事背后，读者或许能在谢女士的个人经历之外，读到些别的什么。

那是什么呢？这可要读了之后，才能感知。

而女性下笔不免有啰唆之弊，爱写作的女性一朝出国，尤有说不完的话——往好了讲，便是笔调的细腻、度人的体贴、处事的认真。我不敢说读了此书的每一个字，但谢女士记性之好，兴致之高，我是宁可当中短篇小说读。如今我已到了读不进小说的年龄，反而是讲述真人真事的散文、随笔、记述——我不知该怎样定义谢女士的体裁，也不在乎她是用的什么体裁——能使我读下去，并在谢女士亲历的异国琐碎中，读到些别的什么。

那是什么呢？这也要读了之后，才能感知的。

我期待谢女士或者可以走回小说的创作。多年前，我曾给自己杂乱的记忆写过数十篇短稿，题曰“多余的素材”，意思是说，我没有使这些素材成为小说的本领。现在，谢女士的私人故事使我无端觉得，她有可能走近，以致，几几乎进入小说的门槛——譬如纽约江湖的镇江老板仍然惦记深埋故里的金子；譬如死于骨癌的“小曹”，早先曾经是怎样一个人；再譬如谢女士对我描述“文革”抄家时闯进家门的红卫兵同学中，有一位是如何的英俊……那是小说呀，谢女士！虽然起步已经嫌迟，但我辈今世所能亲历或目击的往事，想起来，写下去，是都可以当作小说看待的。

不记得是谁的话了:“小说,是前世的记忆。”真有所谓“前世”么? 当我们这些活了两世的人写下亲历的种种故事,搁笔复读,常在当世与隔世之间,恍然迷失,将信而将疑。不晓得谢女士成稿之后,是否有同样的感慨。

2016年6月30日写在乌镇

「从南京到纽约」

埋在镇江的黄金

羊头湾，大西洋边一个宁静小镇。隔着多少年月回想，除了一片海水，还有一个故事。

那里有家中餐馆叫“顶好”，店主是一对台湾夫妻。多年前一个夏夜，我离开南京到了纽约，马上开始找工作。有个哥伦比亚大学的留学生，找到更好的事做，把“顶好”的差事让给了我。小餐馆急于要人，愿意去的人却少，路远底薪少。我毫不犹豫接下来。

店面布局合理就不显小，走道上铺着起腻的红地毯，低幽的轻音乐涤荡了俗气。靠厨房的墙上凿了个龛，供财神爷，爷脚下供水果糕点，亮长明灯。

朱老板四十多岁，身量矮而板实，走路小跨度呼呼生风，他见我到，上前笑眯眯招呼：来啦？辛苦哇！刚到不歇歇？出来就好！到了美国，美国好啊！

他回身撩开厨房外的布帘子，斜欠身子伸头喊：喂！出来！

出来沙！人家，怎么称呼你？不行不行，不能叫你名字，谢小姐吧？出来见见噻！

爽净的中年女人走出来，甩着手上的水：不好意思正在备料，刚到也不歇歇？美国辛苦哎。老板娘说温软闽南语，跟朱老板的镇江扬州口音全然不同。她端起桌上的不锈钢水壶，倒了一杯冰水，杯口上的小浮冰咯啦咯啦响。南京没有走远，纽约已在眼前。离愁尚在心底，生忧逼在身旁。

星期天饭店十二点开张，朱老板招呼吃午饭。除了我，“顶好”只请一个墨西哥人，骑车送外卖兼洗碗。其余事情一应朱家人做。朱老板接电话接订单，上汤上菜。老板娘身兼大厨二厨。大厨炒菜，二厨抓码配菜。老板娘母亲择菜洗菜撕鸡皮。

吃饭时朱老板对我说：谢小姐刚来，不晓得饭店规矩，这块儿跟你说下小费的事。小费的事那个留学生跟我说过，因朱老板自己伺候客人，客人给的小费便由他收，他再分给收拾碗盘的busboy 或者busgirl（餐馆勤杂工），四六开，他拿六。

他问我：谢小姐啊晓得美国小费的规矩？小费多就多点，少也没法子，美国饭店都这个样子。在南京我算是劳心者，在美国是劳力者。我能吃苦，怕脏也做出不怕的样子，没有客人时我到厨房帮老板娘干活。吃饭时我主要吃便宜的菜，鱼肉不多吃。我总是笑容满面。

朱老板对我印象慢慢不错，说，现在谢小姐晓得打工辛苦了吧？问下子，你啊成家啦？要没得呢，找个美国人结婚，要少吃不少辛苦，绿卡还有希望，我们是第一代过来的，才能让我儿子他们不吃苦，现在啊，不管店里多忙，两个小家伙就是不过来帮忙，好像他们的出息跟我们苦做的餐馆没得关系。

朱老板的镇江口音让我分神，眼前是他的人，心思已去了镇江。风光无限的焦山金山，脍炙人口的香醋肴肉，这些离我千万里远的东西，在朱老板的乡音里咀嚼着。有时吃过饭他会给我盛一杯香草冰激凌，我忽然掉下眼泪。

一天朱老板跟我说，你做事又快又好，不少事你都能顶下来，这样，以后小费跟你平分，你看阿好？我连摆着手：不用不用，说好四六开的，就四六开，我真的不要。朱老板也就没有坚持，后来对我客气很多，每次吃完饭都要我吃一杯冰激凌，周末收工多给我二十块钱，叮嘱我乘地铁当心。

那日午饭，朱老板看看四下无人的厅堂，低声跟我说：谢小姐是南京过来的？我说是啊。他问：你镇江啊有人啊？期待地看着我。

我看看朱老板，什么意思？他头朝后一仰，靠在椅背上：关系！有没得政府里头的关系？

我想了想说，要看你想做什么了，我家不在镇江，好像没有关系。这个"好像"我不该说，给了朱老板希望。

他看看通往厨房的门，说：有件事呢，现在跟你说下子，我老家在镇江，后来到台湾，顺拐又到了美国，阿十几年（二十几年)了。

“阿十几年”!乡音无改鬓毛已衰啊。二十年后我的乡音会改吗?

1979年中国改革开放，朱老板是最早回国探亲的海外侨胞。回去看谁呢?近亲不是去了台湾就是移居海外,留在镇江的又怎禁得住三番五次的运动和生老病死?朱老板沙里淘金地找到一两个远亲,以免到了镇江抓瞎。

飞机降落北京,火车直下南京,大巴径直奔镇江。他跟亲戚说,就想到老宅子去看看。1979年想找到旧居不难,镇江的市容几乎跟1949年前后一样，大规模的房地产开发和城市改造还没有开始。“十年动乱”刚结束,朱老板不知道什么叫积重难返、百废待兴,所以才会说镇江怎么跟从前不差多少的。

朱老板敲了门,对开门人客气地说,你好先生,对不住打搅,不找哪一个,我小时候在这块儿住过,出去多少年了,从美国回来探亲,想进去望望,你看啊行?添麻烦!

开门人一听朱老板正宗的镇江口音，又是从美国回来探亲,很客气,说那你进来,进来沙,不客气,随便望,走多少年啦?

旧居没有变,却也变了。破了,小了,荒了,屋顶的瓦缝中长出草来,从前严丝合缝的青石地砖,也缺了少了的,一踩一个坑,一踩一脚空,水从缺口沁上来,汩汪汪的。让朱老板最吃惊的是,那个装着他童年美好记忆的院子里,住满了生人,东厢房西厢房住着不同的人家,外面还砌起潦草的小厨房,炊烟从烟囱里冒出来。把个曾经气派的四合院,住得一塌糊涂面目全非。

记忆是靠不住的,从前是回不去的。

朱老板在院子里看了一圈,抬头细细打量那棵树,特别是树根。然后把房子也看了一遍,一扇门一扇窗都没有漏脱,斑斑驳驳的,人生风雨在那里留下瘢痕。他很想进屋看看,但又不能跟住在里面的人说,啊能让我进去望望?那是人家睡觉吃饭的地方,哪能随便望呢? 朱老板望洋兴叹,不知哪一扇门是那一扇门。

朱老板把迷惘压进心底,对开门的人客气地说:细细(谢谢)你啊。就走了。

第二天朱老板找到有关方面,受到外事部门的接待。他把事情说了个大概,那老宅子是他家的祖产,当年爷爷奶奶花了多少光洋买下来的,全家十好几口子都住里面。后来都跟爷爷奶奶去了台湾,现在他人在美国,爷爷奶奶去世多年了,回来看看,这房子不知能不能要回来?

有关方面的同志对这个问题不做答复, 深奥莫测而和蔼地笑。怎么是你的祖产呢?朱老板带着脆黄的房契跑了两趟政府,努力了两次,没有答复,失望回到纽约。

第二年朱老板又去了趟镇江,又到老宅去了一次,又找到政府有关方面，问了同样问题，得到同样答复。朱老板很灰心，天上飞来飞去的为一栋老宅，什么时候是个完呢？他一个小小旅美华人，有什么办法？怀着这样的沮丧，他回到了纽约。但他的心留在了老宅子里。向我打听关系的时候，他要说的就是为什么念念不忘那个破败的老宅子。

朱老板的爷爷到台湾不久就去世了。二十世纪七十年代初，奶奶也不行了，在病榻上，老太太拼足力气跟站了一圈的人交代后事，她对凑在耳边的长子说："老——宅——子——埋——了——金——子。"说完挣扎了很久，咽气。站在一边的人先不明白什么事，等明白过来，都晚了。早点个说嘫，多说几句嘫。就一句："老——宅——子——埋——了——金——子。"

埋在什么地方？房间里还是院子外？哪间房子？地下还是夹墙？外面的话在哪个方位，是不是墙角？是不是树下面？埋了多少？金条还是金块？木箱还是缸？

老太太带着她和老爷子深埋心底的秘密，客死异乡。把心神不定留给了子孙。

朱老爷子夫妻早年在镇江开酱园店。朱老板说他不晓得生意做得大不大，反正日子蛮好过就是，有鱼有肉。一个酱园店能积攒多少黄金？大致不会是很大数字，如果是很大数字的黄金，怎么埋到地里？那时早有钱庄了，大户人家用钱票，小户人家埋黄金。国民党快撤退时，一派混乱景象，什么货币都不值钱,早早晚晚地米面都买不成了。只有黄金坚挺。1949年前后买卖古玩,什么法币、金圆券、袁大头,都不作数,只收黄金。

1949年的一天夜晚,老爷子带着一家老少在镇江码头上船,离开大陆去了台湾。为什么要离开镇江,朱老板没有说,也说不清,那时他才十岁左右。改朝换代时,很多决定都是一念之差,并无老谋深算。台湾那么多年,日子过得不怎么顺心,从头来起谈何容易。很多随去台湾的人,多有不少苦衷,也说不清了。老爷子临了也不提黄金,还是老太太露了一句。还不如不露。可能老爷子认为不会走太久,日后回来挖出来就是了。没想到,再没能回去。

朱老板从中国台湾移民到美国,把祖父母和父亲对黄金的心心念念也带到了美国,可无论中国台湾还是美国,都跟祖国大陆隔江隔海,回不去。后来大陆开放了,外国人和华侨能去了,朱老板的心立刻活转,想到的第一件事,做的第一件事,就是回镇江,找旧居,摸清楚埋的黄金还在不在。

于是出现前面所提到的情景。私房收为公有,你不能买,也不能租,更不能跟政府说自己要去挖黄金。他在旧宅子转的时候,其实也弄不清黄金埋在哪个方位。老太太留下的一句话,是个谜。也许在树下?可那棵树又不像参天大树。1949年到1979年,什么树不顶天立地?即便那树下埋着黄金,他也不能拿了锹去挖,里面住的是镇江市民,他凭什么到人家院里挖地?朱老板也想过跟住在老宅子里的人商量,说服他们同意他挖,挖出来的黄金分给他们一点。可转念想想,那是很愚蠢的念头,人心怎么测?

万一黄金埋在房子里头就更麻烦。哪家人搬出来让他进去挖?那么多房间,不能一间一间挖吧?所以朱太太经常摔一句话说:真不晓得老太太怎么想?要么不说,要么说全,这不弄死人吗?

忽然碰到我这个到美国打工读书的,故城南京离镇江不远,一段日子看下来觉得我不那么贪心,就跟我说了这个心思:谢小姐,你啊能找个男的留学生,愿意跟我去镇江?人要靠得住,跟我去把黄金挖出来!挖出来把他一半,你的这份我们两边出把你!你看呢?

我没有答话。

朱老板想把饭店生意放一放,让老婆和丈母娘顶着,自己回镇江做长期打算,先租个地方住下来,慢慢争取把整个旧居租下来,不是不能买吗,租总可以吧。只要住进去,事情就好办了,大门一关,随便在里面怎么挖。

这个计划他一个人不能完成。靠两个儿子?他们自小长在美国,根本不了解中国,不会跟他去挖地道,听了只是笑笑。但两袖清风到美国留学的人不一样,急需要钱,年轻,身体好,脑子灵光,重赏之下没有勇夫勇妇?但朱老板没有想过这里的风险。倒也不是一应的麻烦和困难,而是谁能确保那栋老宅子下面，一定埋着黄金？埋了多少？不多的话值得回去挖吗？开个酱园店，就是有一千两黄金，又怎么样呢？多的话怎么装在箱子里带走？

这么一问朱老板，他也点头，说也是，你有道理，但这个是我爸爸说把我听的，应当没的错。

我问他为什么老太太不早点说，脑子清楚的时候说，不是就没有麻烦了吗。朱老板说：就是这话嘛！

我建议他去找当地政府说明情况，开放了，也许能正大光明回去挖呢？朱老板哈哈大笑，说小姐啊 你真天真，哪有人会挖了黄金出来就归你啦？这种事情就是在台湾，也是不能保证的呢。

我说：你不是说是你家的吗，不是你家你怎么会知道那个旧宅子呢？不是有房契吗？

朱老板说这是你的道理，到镇江就不是这个道理了，要挖黄金只能偷偷挖，挖出来偷偷带走。可是朱老板想的还是挂一漏万，没有想到黄金挖出来，怎么带出海关，十斤八斤也许行，还要藏好不被发现。可是十斤八斤的黄金值得千里迢迢从美国回去吗？

能想到的挖黄金须知和困难，我一句句说出来，把朱老板的兴头给说掉了，问题实在很多，难度实在很高。没有万全之计。朱老板喟然长叹。

打工的日子里，朱老板时不时提到埋在镇江的黄金，口气无限惋惜，也有怨怼，怪老祖宗不该把黄金埋在宅子家院里，一旦住人就进不去了。他自言自语说，金子要埋在院子的树下面，不是省事多了吗？午饭后的时间多是择菜，为晚饭备料。我边择豆角边说，埋在外面就更没法挖了，里三层外三层站着人看你挖？真有黄金，挖出来能拿走吗？黄金上又没有刻着“朱”，就是刻着“朱”，镇江姓朱的又不是你一家。朱老板恍惚地点头：就是这话，就是这话。

那是一个苦闷的夏天，人生地不熟，完全忘记本来的自己是个什么自己。好在朱老板一家人对我不错，没事就说几句埋在镇江的黄金，这是一个梦想，也是一点乐趣。他无限的感叹舒缓了我的惆怅。原本觉得朱老板自己开餐馆，挣的钱一定不少，可再想想那也是他的辛苦钱，如果他挣的钱多得不得了，还会对埋在镇江的黄金念念不忘吗？

一天，朱老板五短手指拍在桌子上，决绝地说：算啦！谢小姐，这个事情，日后不提了，只当没得这个黄金！老太太要不留一句话，还不是日子照过！你真找到了，要来分的人忽然就多了，怎么弄？

八年抗战胜利，四年内战结束。战争带给老百姓的，都是动荡。两岸风雨无定。撤离大陆的上一代人不管有无在大陆留下财产，都难。朱家的这点黄金，难道不说明他家三代人都没有定心过日子吗？每个富裕的家庭，多半是第一代人的艰苦劳作加上缜密的心机和手段，还有时机时运，才得积蓄财富。他们积蓄财富，除了是人生抱负，也为后代，要是这些钱既没有给到后代，也没有用来回馈社会做善事好事，那真是白费。打仗是动荡的，老百姓流离失所，生离死别，远走他乡不得再回故土，给幸存的人留下游丝一般纤细却又牢不可破的念想。

后来我辞去"顶好"的工，四处打工挣钱挣学费，没再见过朱老板。偶然在电视新闻上听到"羊头湾"三个字，就会想到他，想到埋在镇江的黄金。

三十年来，中国的房地产业疯了一样发展，镇江也大兴土木，朱老板家在城中心的老宅子逃得过吗？多半已盖上了高级公寓或者商务大楼。在开发商平整土地的时候，有没有发现地下有黄金？挖出来是上缴还是藏起来？也可能，黄金仍旧埋在镇江某个角落的地下，归于自然。

有一年回南京探亲，随家人去镇江吃河鲜。又见焦山金山，长江万里东流水。站在山上望远，心情静极而起荡漾。

走在镇江的街上，好像闻到香醋肴肉，刺激而诱人。我说：哪里去吃镇江肴肉，蘸镇江香醋？

姐说，你出国那么多年，普通话一点儿没变啊。

忽就想起当年初见朱老板，他终生未改的镇江口音。仿佛已经十分遥远，十分遥远了。朱老板小时生活的镇江，和我小时去玩的镇江，是隔着岁月和现实的。但是那一刻全都汇集在我眼前，心中，脚下。

朱老板家的老宅子，不知在哪一带，即便知道，也被新楼替代了，了无旧迹。谁还记得朱家宅子？知道那地底下曾埋着金子？

在行人如鲫的街上，我忽然站住，心中慌乱，思绪莫名袭来。好像脚下就是朱老板家埋的黄金。我知道他找不回来，第一次听他说就知道找不回来。像很多人家的故居旧宅、字画金石、珠宝翠钻、日记旧信，找不回来。像光阴找不回来，枉死的人找不回来，破碎的家庭找不回来，毁了的信任找不回来。但所有这些失落在乱世中的珍爱，都在记忆中，天不可灭，地不可埋。

保姆(一)

曼哈顿公园大道赫赫有名,豪富云集,很多大牌公司也在那里。春天季节,大道中央的稀有花草南北纵向,一路开往上城,情梦交织。向西走,直通纽约大都会博物馆和中央公园,都是闻名的去处。

我刚到纽约一星期,就住进公园大道的高级公寓当保姆。

是在哥伦比亚大学附近一家职介所找到这份工作的。职介所是美国人开的,二十世纪八十年代中期极少有华人会到那里找工作。我不认识路,出了哥大校园走在百老汇大道上,两边张望不知何去,只能走进去碰运气。刚到纽约我能干什么?除了保姆和保洁,一概都不会,白会说英语。履历上所有在国内的专长等于零。职介所的人看到我很高兴。一位可亲的女人问我找工作吗?我说:Yes。她遂问谁介绍你到我们这里来的。我答:I myself(我自己)。她就问我会做什么。我说:Babysitter(带小孩)。

她问我想带什么岁数的孩子,男孩还是女孩。我说五岁的孩子，男孩女孩都可以。问我为什么非要五岁。我儿子五岁，不能带来纽约。

女人专注地看着我的眼睛，要我留下电话号码，第二天回话。我家没有电话，只能给公用电话号码。说好第二天在那里等回音。

第二天约定时间，公用电话铃声响起来，在大街的车流声中很弱小。职介所女人告诉我，有一个人找保姆，你的条件符合，他先要给你打个电话，问一些问题，“你不要离开，马上他会打给你。”

到美国的第一个电话面试，就在法拉盛Ash Avenue（灰街）路边的公用电话旁。准雇主的声音雄浑有力。他问我是不是找保姆工，有没有经验，自己有没有孩子，能不能约个时间到家里面试？我立刻答应。我一分钟也不能住在租房里了，地下室，四户人家合用厨房厕所，下水管道堵塞，到处发霉，墙上蟑螂疾走。我要快点找个能入住的人家当保姆去。

出了地铁口，走两三个街口，八月的太阳在宝蓝色天上，大道中央花坛的花如火如荼。突然不想去面试了。那么欺负人的大道？行人？高楼？鲜花？路上瘦削身材流利西服的男女？高傲自负的表情。我不想去了。但我不能空手而回，陪读的重任是我自己要担的，挣钱的责任也是不容推卸的。

一早我在镜前梳了新发式，头发一把抓在脑后，没有刘海，素面一张，五官端正。从小到大，我不是那种形象，那是为当保姆重新设计的，我不能留着乌黑的长波浪当保姆。

Doorman（门房）问我找谁。然后拨了个电话，问清情况，带我走向电梯，在门口手那么一请，然后按了楼层，说：电梯一停你就下。

电梯停了，我不知道该不该出去。电梯外一个类似玄关的廊，依墙一张长几，摆着蓝白两色鲜花。玄关通往敞亮开阔的大客厅。在我的生活经验中，不仅乘坐电梯不多，电梯仅为一层楼开设更从未见过。一个高个子男人出现在玄关对面，请进，他说。

一层都是派吉尔先生的公寓，电梯专属他家，在里面两圈一走迷失方向。

坐在派吉尔家的小客厅中，忽然想到，正在摸着石头过河的中国，日后一定会有很多这样的公寓。

女主人到长岛别墅度假去了，女儿也去了，男主人约见我，是要当面看看我够格不够格。我不知道什么样的人在纽约超级豪华公寓当保姆算合规。我坐在沙发边缘上，腰杆挺得笔笔直。嘴角一丝笑，抿着唇。派吉尔问三个问题：

一，你抽烟不抽烟？

“No.”

二，你喝酒不喝酒？

“No.”

三，你听不听摇滚音乐？

在这个问题面前我犹豫了一会儿，猜不透什么意思，保姆跟摇滚音乐之间什么关系。但我立刻说："No！"

他笑了，说：Very Good（很好）！我不喜欢保姆在这里抽烟喝酒听摇滚乐，但是你看，墙上的书架全是激光碟，无数古典音乐光碟，如果你来做事，都可以听。那是一个顶天立地的书架，摆满光碟。如果想听最上面的碟子，要用梯子。

这三个问题属于职业道德范畴。之后的问题属于背景调查。他问我答。他问我家里干什么的。我说政府官员。他说，我对政府官员毫无兴趣。我真想说，你他妈的有没有兴趣跟我什么关系。但我笑了一下，没有作声。他问，你到纽约多久了。我说七天。他惊讶地看看我，问：你的英语哪里学的？我笑得自豪了一些：在中国学的。他说：你从中国来？中国什么地方？我露齿笑了，说那你认为我是哪里来的？我从中国的南京来，你知道南京吗？

他答非所问地说：我们是意大利移民，到美国一百多年了，来的时候赤手空拳，什么都没有。我想，我也没有求你给我什么，我干活挣钱。但是我没有资格顶嘴，尽量优雅地坐在沙发边上，但是一条腿已经架到另一条腿上了。我已经做好了不做的准备，问那么多问题，又不是到FBI工作。我性格中的不羁开始抬头。

可是他不问了，忽然礼貌地问：Can I ask how old you are

(你多大岁数)?

我想都没有想:三十。

其实我不止三十了。

他说:对不起,你确定你三十?你看上去二十多一点儿,职业介绍所说你有一个五岁的儿子,对吗?

我说,我三十,有个儿子,五岁,没错。

他说:那么我想看看你的护照,复印一下。

两种心情同时冲击我。一是明白他要我了。再就是想坏了,护照上的岁数我不止三十啊。

没有退路。从包里拿出护照给他。他到不知哪里去复印,回来的时候丝毫疑问都没有,还给我护照,十分和蔼帅气地看着我。在美国,一个女人把年龄说小几岁,是完全正常甚至讨喜的,只要你不是长得太不对头。

最后还有两个问题。一个是工资,很低。即便以当时的标准算也低,每个星期一百五十美元。我刚到纽约住在一间七平方米的地下室,紧隔壁住着打餐馆和当保姆的台湾人。那个保姆每星期八百美金呢。但是我接受了这个极低的报酬,谈条件是需要自己有条件的。

然后他说,我太太要在电话中跟你说几句话。太太的声音磁性,充满优越感。她说非常高兴,你愿意到我家来干活,我女儿叫爱丽丝,我跟你说话就是要听听你的英语,我不喜欢有口音的英语。

派吉尔带我到顶层去看我住的地方。顶层是用人专层。我的房间推开,他说:舒,这里全是你的,进去看看。

铺着有流苏床罩的席梦思床,床头柜上的台灯秀丽典雅,红绒地毯,小电视,洗脸池,窗前垂着纱帘,纱帘上绣白花。他说:你的浴室在对面那间房子里,看到没有?那是你一个人用的。这里的一切都属于你。

在身后带上我的房门,我百感交集。我就要搬出灰街阴暗潮湿的地下室了,我就要住进富丽舒适的用人房了。我跟在派吉尔身后,高跟鞋敲击着大理石地,鞋跟清脆的声音在两边墙上来回弹跳。

我想起在中国当演员的日子。人生那样虚幻不定。

五岁的爱丽丝真是个小天使,毛茸茸的细嫩皮肤,吹弹可破。我们似乎是一见钟情的那种保姆和小主人的关系。我把简单的行李拿进我房间,她牵着我的手跟我进去。整理好东西,我拿出儿子的照片贴在墙上。

她指着他问:Who is he(他是谁)?

我说是我儿子。她问他在哪里。我说在中国。她问中国在什么地方,我说中国在我们脚底下,穿过地球就到了。

我的回答爱丽丝不明白。但她问了一个利剑一样的问题:为什么你在纽约,他在中国?我无法跟她说,如果带他来,我就不能打工,不能挣钱,不能读书。

女孩子手里拿着苹果，问我：你想他吗？

我在高背椅上坐下，轻声对她说：Yes，我很想他，很想。

爱丽丝爬到我腿上，挪了几下坐好，头靠在我胸前，说：舒，你不要想他，你有我。

我的心一阵锐痛，我搂着爱丽丝，她温暖的小身体散发着奶味，金色的头发一丝一丝触我的脸。我斜侧着脸，好像抱着儿子一样抱着她，眼泪掉下来。那时我还不知道，我流泪的日子刚刚开始，在很长时间中，我因为想念儿子而哭到腰断。

给有钱人家当保姆是要有异常勇气的。不眼红人家有钱，服气人家的派头，走路跟在人家身后，懂得谦和自然，加班加点不要太计较加班费，特别是主人对你不满意时说话提高声音，你要不争不辩，说：I am sorry。

女主人路易莎四十多岁，细瘦漂亮，每天化妆，讲究装束。她带我出去过三次，一次到超市购物，买了满满一车食物，都是为女儿，不替我想便也罢了，连派吉尔先生吃什么她都不在考虑中。那时我常处在饥饿中，生菜，牛奶，面包，一点儿肉肠。那天她问我要买什么，我自觉地说买几包方便面吧。结果他们发现我做的方便面很好吃，也跟我吃了一次，很快就吃完了。生菜和面包牛奶当饭吃我吃不下，这是后来我辞职的原因之一。

第二次去爱丽丝的私人幼儿园。那天去报到，要我也去。

我不明白报到要我去干什么。后来知道，保姆也是可以炫耀的。那是一个很贵的幼儿园，路易莎说说出来每年的费用，你会昏过去。

一色金发白肤的小女孩，是个女孩幼儿园。路易莎受到极尊贵的礼遇，她们说着流利的英语，声音近似耳语。一位幼师仔细看看我，问路易莎她是谁？路易莎说：她是我家保姆，照顾爱丽丝的。

我站在一旁没有笑容。我不喜欢这样被介绍。但是不这样介绍我，还能怎么介绍我？我是保姆。身份的转变和习惯的转变，不要时间。我到纽约才十天。

路易莎是房地产经纪商，买卖豪华公寓。人生是个不断的流程。当我刚到纽约开始奋斗，很多人正要搬离纽约，到南方的迈阿密去度晚年了。第三次跟路易莎出去，到一所公寓顶层，panhouse。在曼哈顿拥有顶楼公寓，是极为富有的象征。阔大无比的公寓，外阳台上种着树。我不算没有见过世面，但是走进那所公寓，我要竭力克制惊讶和震动。连路易莎说话都客气得不得了，跟刚才在幼儿园判若两人。走出来一个老妇人，雪白头发，花色绸衫，那种经历人间沧桑仍保有震慑力的容貌，尊严加美貌，终生美貌的女人，年龄与她无涉。

老妇人要搬去南方过晚年。路易莎好像是给她找到一个买主，她们就这个问题简单说了几分钟，约一个时间见面看房子，就转换了话题。老妇人让我坐在她对面，一张圆形的沙发上，她握着的双手搁在膝上，身体微微前倾，优雅地看着我，问：这是你什么人，路易莎？路易莎说了同样的话：她是爱丽丝的保姆。

老妇人张大淡棕色眼睛：你在哪里找到这样的保姆？

我的心一暖。

路易莎说她是自己走职业介绍所的。她说到“她”，也就是我，语气是低温的。但是老妇人不一样，她有钱，气派，从容典雅，说话很温暖。

她知道我刚到美国十天，在中国学的英语，她不信：你说你在中国学的英语？可是我从你的英语中听到英国英语的口音，第二次世界大战时我在欧洲住，常常去英国，熟悉那里的英语，你怎么会说英国英语？你去过伦敦吗？我简直不敢相信，你才来十天。

她从精致的水晶果盘中拿起几块巧克力递给我，我很自然地伸手接了过来。老妇人对路易莎说：你真有运气，找到这么好的girl（姑娘）。

也是专属电梯。我们走到电梯门口告别，她们拥抱了一下，象征性地在彼此的面颊上贴了下，我站在后面，不知道该怎么跟这个年迈的贵妇说再见。她朝我走近一步，伸手在我脸上轻轻拍了一下：Good luck，Shu！（祝你好运，舒。）

我低下头，不想让她们看见我几乎掉泪的眼睛。

如今来纽约已三十年，很多当年不甚明白的事情，现在清晰可见。我在那所极豪华公寓里，看到的不是豪华，是有钱人的品性，有钱人的教养。她对我说的话，让我知道我在纽约，应当自信。

做了七天保姆，我辞职了。他们觉得我能干，就辞去了打扫卫生的黑人，事情要我做。周末家里开派对，要我加班准备食物。银餐具要我擦，吊灯的水晶球要一个一个拆下来清洗。但是不谈加薪。我辞职他们一家三口都不高兴。路易莎拿着计算机算，算给我七天的钱，精确到几角几分。我看也不看，放进口袋说：谢谢你。

派吉尔虽然是商人，情调十足，每天早上起来要弹钢琴，二十分钟后吃早饭。有时听音乐，晚上夫妻俩去看歌剧，我留在客厅看家。我走的时候他送我到马路上，说：你是一个非常称职的工人，我们其实非常喜欢你。

爱丽丝不睬我了，我想抱抱她的。她坐在地板上玩玩具，让了一下，避开我，说：You don't love me at all（你根本不爱我）。

我走出了公园大道，再也没有回到那个地方当保姆，开始在底层找工作做事。多少岁月流逝，我却不能忘记那七天的经历。

在我写的第一篇留洋小说《陪读太太》中，详细写过这段经历。其实他们对我,除了付钱不多,还蛮尊敬我的,是我自己不能适应初到美国的文化震撼，加上思念南京和留在南京的儿子,辞职了。

我没有尽到责任,但我实在不是做保姆的料,做保姆也是需要资质的。现在在曼哈顿做双语保姆,尤其是英语加汉语,年薪大概可以达七八万美金,甚至更多。

即便这样,我还是不愿意当保姆,我愿意吃尽美国各种辛苦,尝遍职场各种滋味,走进自己选择的命运和前途。

保姆(二)

离开了公园大道的豪富人家,我失业了。失业就慌,每天都要钱用。在美国,没有组织没有单位没有亲戚,是个赤身裸体的婴儿。

找工作从来不容易,我不甘心不是打餐馆就是当保姆,人很容易陷进一种庸常的境地走不出来。但我在美国没有能吃的资本,顶多英文还行,长得还不错,三十多岁的好岁数。现在回想,这三个条件实在太好了,有了这三个条件,什么地狱不敢闯? 什么机遇碰不到?

后来我去了一个极小的职业介绍所找工。在黑人居多的哈莱姆区,一栋散发着混浊气味的大楼,介绍所只一间屋,老板单干,名叫Duren,中文读起来同音于“丢人”。“丢人”是犹太人,可是他怎么在天下闻名的黑人哈莱姆区开公司?说明他的上家和下家都不行,两头资源都有限。我去那里找工,是因为我本人本钱差。

那时我才明白,虽然公园大道的派吉尔夫妻付给我的工资太低,可是到底吃住都干净,出入场所和所见人物,体面不说,还都特别有钱,有钱还不狂,对我这个保姆都说不完的"谢谢,谢谢",兴许做下去是能有机会遇到更好人家的。不过,那样我可能就会一直在曼哈顿的豪富人家当保姆,也就不知四处奔波的辛苦艰难和此间的大机遇了。

"丢人"的地方我一个人不敢去,黑洞洞的,所以都要C陪着我。C先到美国,是个特别能当滚地龙的人,带着我到"丢人"那里,我就不害怕了。十年之后,在这里碰到一个艺术家朋友,文质彬彬,才气纵横,件件衣服熨烫,一尘不染,儒雅至极一个人,但说起话来锋利如刀,如刀却又很温柔,用词出典往往上八百年至宋代况味,下到民国人教养在在可感,跟他说话要禁得起摔打,不然不要开口。他跟C见面就惺惺相惜,那次说到兴处,朋友跟C说:怎么样,你跟我,搞一个黑手党?

虽然是开玩笑,但谁敢开这个玩笑?这个意向出奇制胜,文人中出来的从未有人敢于制定如此蓝图。所以后来,C和这个艺术家,在各自的江湖上斐然有为,便都毫不奇怪。

"丢人"给我介绍过几个工作,都太远太远,出了纽约了。凭我一个要乘地铁天天来回的人,是做不下来的。不过"丢人"不气馁,不厌其烦一一给我看工作介绍,但每次看过,都要把右手的拇指、食指和中指捻几下,笑眯眯伸过头颈跟我说:But, money, money. You have to pay me. Do you understand(不过嘛,钱,钱,你要付钱给我,明白吗)?

职业介绍所收手续费这一套，今天的中国，已经不新鲜了。不过当时我在美国,还非常陌生。手续费如何收,不一样,有的双向收,有的向找到工作的人收,有的向雇主收。“丢人”的公司,向雇主拿佣金,所以我愿意找“丢人”。要我把头一个月工资中的一半付给他,我不愿意。

不久,“丢人”给我找到一份工作,还是当保姆,带一个小婴儿,周薪两百美元,主人家住曼哈顿下城的休斯顿街,地铁可到,尤其从哥大所在的116街去那里很方便。拿了地址去面试时,“丢人” 急切祝福我走运，同时又将右手前三个手指一捻,说:你要是拿到offer,给我电话,我好向你的雇主要钱。

我跟朱丽叶斜欠着坐在长沙发上，她臂弯里躺着一个雪白的奶瓶子女婴儿,睡熟了,五官那样精美,油画上的天使一般。

朱丽叶的家,跟派吉尔家不可同日而语,她住在政府公寓大楼里,一室一厅,一浴一厨,小是小点,可有个让人心旷神怡的落地窗,可以看到蜿蜒的哈德逊河。朱丽叶很会布置这个小家,非常清爽。在落地窗尽里头一个小角落里,有一张理发店的椅子,旁边有张立柜,放着美发工具。关于这个角落的功能,我什么都没有问,她也没有讲。

朱丽叶像一个人。谁呢?法国著名影星朱丽叶·比诺什,在好莱坞大片《英伦情人》中扮演护士,她那张脸没表情都万种风情。担保我到美国来的美国教授说，他只要看看比诺什的脸就满足了，根本不在乎她怎么表演。朱丽叶单身，四十岁上下，上个月到南非去了一趟，领回这个小女孩，五个月大，爱她如命。贝贝抱在朱丽叶臂弯里，就像她生的，都那么漂亮。美是不同的，美也是相同的，一脉相承。我眼睛眨都不眨地欣赏她们。坐在这对母女面前，我产生一种自己是一部电影中的角色的幻觉。

后来朱丽叶跟我说她是演员时，我就没有吃惊。不过她说，她挣钱不多，因为有戏演才有钱拿，没有戏演就没有钱拿。当时我对美国的演员生活一点儿不了解，怎么会像自负盈亏呢？我在中国当过演员，吃的是公家饭，特别是在军队当演员，旱涝保收的。现在中国跟美国接轨了，我儿子长大后到北京去当演员，也是有上顿没下顿的自负盈亏。

不过你放心，我每星期五下班回来，付工资给你，开支票，你做不做？朱丽叶虽然人很美，说起话来不很温柔，脸部的线条太过刚硬，跟巨星凯瑟琳·赫本一样。

谈好了，第二天开始工作。

晚上接到朱丽叶电话，问我有没有告诉“丢人”她雇了我。我说还没有。她松了一口气，用商量的口气问我，假如“丢人”问我是不是在她这里找到了工作，能不能说没有？我愣了一下，问她为什么。她说，这个职业介绍所抽的佣金很高，她要按照我两周的薪水付给他佣金四百美元,太多了。这个要求让我很为难。说到说谎,谁一次谎没有说过呢?美国有"white lie"这个词儿,叫白谎,白谎是不是可以解释成"纯洁的谎话"? 但是刚到美国,这个白谎怎么说? 我没有经验,更没有胆子。万一"丢人"发现了,他告我,怎么办? 听我犹豫不决,朱丽叶说,不要担心,这件事我负责,你只要跟他说,没有在我这里找到工作,就行了。我跟朱丽叶说:"丢人"是个热心人,万一知道我没有找到工作,会坚持再帮我找的。朱丽叶笑起来了,说舒啊,你真是刚来美国,你怕什么?"丢人"又不知道你住在哪里,再说,你不要他找工作他能强迫你吗? 就这样,帮我这个忙,我不想付佣金给他,谁知道你能给我做多久呢?

后来"丢人"兴冲冲给我电话,我就跟他讲这工作我没有去做,工作时间太长。"丢人"就说,那我再给你找工作,不做保姆了。我骗他说,我的朋友帮我在哥伦比亚大学找了个半工,谢谢你。他很遗憾地说,祝你好运。

当时的一些说法,后来一一变现,非常奇异。比如,我后来给朱丽叶带孩子只带了一个月,就被她炒了鱿鱼,没有做长。比如,日后我果然在哥伦比亚大学找到了工作。再比如,我每天到朱丽叶家打工的那班地铁,八年后我也是天天乘,经过休斯顿街到已经灰飞烟灭的世贸大厦上班。

朱丽叶不久就辞退了我,原因让我很久都无法理解——我对她女儿太关心,因为关心说错一句话,让她害怕。

不过开始一切都蛮好,蛮好的是朱丽叶,自然不是我,我是一个负责任的人,但我本质上不能胜任保姆,带着南非婴儿,虽然喜欢她,可是她睡觉了,我就无聊了焦虑了。朱丽叶不要我打扫卫生,不许我进她的卧室,我偷偷推开门隔着门缝张望了几眼,发现也没有什么了不起,就是一个平常的卧室。那时我缺乏对“隐私”这个无上珍贵的概念的了解。朱丽叶不许我这样,不许我那样。特别是不许我接电话。她说外面进来的电话,你千万不要接,千万,记住。我接过一次,因为忘记了她的叮嘱,谁能把那么多禁忌在那么短时间记住呢?

对方以为我就是朱丽叶,直接跟我说,我要跟你约一个时间,你什么时候有空。我说我不是朱丽叶,你等她回来给她电话好吗?朱丽叶回到家知道了这件事,好一顿发脾气,说跟你说不要接不要接,你还是接!你问她是谁了吗?我不知道是谁我怎么回话?这些都是我的客户,我平时有空在家给人做头发!

那以后,我就再没有接过电话。可是我自己要打电话出去。朱丽叶居有定所,但是做无常活,我也不知道她说的演戏是怎么个演法。她会突然给我一个电话,说今晚要晚两个小时回来,你要等到八点钟才能离开。那两个小时对我就是炼狱,那是十一月下旬感恩节季节,天黑得很早,过了六点,我就会急得浑身火烧火燎。可是婴儿抱在手里，哪怕朱丽叶半夜回来，我也是要等的。等，她又不让我用电话通知家里，难道我没有自己的家？手机离那个年头还很遥远。由于我表现出不高兴，朱丽叶就说加班的时间付加班费。

演员是要减肥的，本来就瘦精精的朱丽叶还不吃什么东西，冰箱里只有半只感恩节吃剩下来的火鸡，一颗壮硕的美国芹菜，我自己带方便面煮来吃，一块方便面支持十个小时以上，是有点艰苦的，但也不好跟朱丽叶说，因为我们在第一次面试时，双方都没有提到午饭提供不提供。这样，种种的不快便悄悄在我们之间淤积起来。甚至在她参加一个自杀的男演员的追思会回到家里后，我也不想听她诉说她的悲痛，因为我很饿，急着回家。

不过朱丽叶那天的模样我直到今天都记得，她是那么美丽，从雪中回到家里，风衣的帽子也没有能够挡住雪片湿濡她曲卷的栗色头发，她的眼影显然是被打湿了，不知是雪片还是泪水打湿的，但没有完全晕开，眼睛显得更大更深，跟雪白皮肤对照着，无限悲哀，悲哀更美化了她。我只顾欣赏她的美而忘记说几句该说的话。我不知道那个死去的演员跟她到底是什么关系，虽然她说那个男人，是一个同事。

终于，在照料婴儿的一个问题上，我们发生了争执。婴儿白天非要睡觉，晚上就不睡。婴儿要睡觉，我怎么能不让她睡？她才五个月，还不是她说了算。朱丽叶说我白天应当尽量不让她睡，不然她晚上只好起来抱着婴儿在房间走来走去，很疲倦。我跟她说，我也是有儿子的，小孩子生下来就各有各的性格，睡觉也是，小东西们还找不到人世的生物钟，找不到自己的生物钟，过一段时间会正常的吧。朱丽叶说，你儿子是你儿子，我说的是我女儿。

我听了相当不开心。那样说话，很不通人情。想着抓起电话拨过去，我只说了一句：Juliet（朱丽叶），白天你跟我说的话，我不太同意，贝贝虽然是你的女儿，但我带她，她也是我的孩子。

没有想到，第二天中午不到，门上的锁“咔嗒”一响，朱丽叶提前回来了。她非常不安，看上去情绪激动，放下手上东西就对我说：你知道吗，你昨天打给我的电话，让我很不安，什么叫孩子也是你的？孩子是我的！我一个人的！Mine！

她激烈的态度吓着我了。我不清楚为什么我那么一句话，会让她那么激动。在中国，要是有人照顾你的小孩，跟你说我会把她当成自己的孩子来照顾，你是感激不尽的。可是朱丽叶却满脸惊恐。我连忙跟她说，你可能误会了，朱丽叶，我是好意。朱丽叶接过婴儿紧紧抱在怀里，跟我说：对不起，舒，请你走吧，我把这三天的工资结给你，你走吧。

走得非常干脆，匆忙，不友好，我像一片躯壳一样拿着自己的包，看了婴儿一眼，看了朱丽叶一眼。婴儿还不会看人，朱丽叶不看我，只说：You take care（你保重）。

糊里糊涂被炒了鱿鱼，我觉得朱丽叶疯了。

后来在美国时间久了，我才明白我们之间是有误会，文化差异形成的误会。我们怎么能把人家的孩子当成自己的孩子呢？她是雇主，我是雇员。假如我是捐钱给她抚养她的孩子，那么我才有资格说，我把你的孩子当成自己的孩子，希望帮你把她抚养成人。

朱丽叶当时一定认为总有一天，我会把她的宝宝偷走？

后来我再也不替人家带孩子。我不是当保姆的料。找保姆不要找我这样的人。

餐馆日月

餐馆收工最晚,吃过夜饭洗好手,摘下围裙走出去,满天繁星。我跟几个偷渡到美国的华男,在一家外送中餐馆同吃同住同劳动。这是老板新开的饭店,小连锁。老板是福州人,餐馆叫“湖南饭店”。

老板勤华,第一家饭店在纽约外围的纽瓦克。我到纽约的第一份工作就在那家餐馆。不过要是仔细来说,之前还在一家哥大附近的堂吃中餐馆试过工,做了大半天给炒掉了,因为不会做。一个客人要我拿duck source给他,我理解为鸭酱,字面上就是鸭酱啊。我就跟他说:我们没有鸭酱。美国客人眉毛一挑说:我经常来吃,每次都有duck source,今天没有?经理耳朵尖,不光听见了,马上端了一小碟橘色的酱放在他面前,哈着腰说对不起,她是新来的。然后瞪我一眼,不高兴地说:你连duck source都不知道?甜酸酱!

中午坐在一圈打工的人中间吃饭,也不好意思搛菜,只听老雇员之间欢欢喜喜说笑吃鱼喝汤。下午经理付给我十块钱,说是车马费，把我炒了。那次炒鱿鱼，我是哭了的，觉得自己是块儿鸡肋。

能在勤华的店里做下去，我很感谢他。餐馆生意不错，但算不得热火，于是他决定到新泽西去开店，带了我们几个过去开辟新天地。我本来不想去，纽瓦克的店已经离我家很远了，周末要乘火车回去，现在要去新泽西，就更远了。勤华希望我一定去，几乎求我，说我英语好，他们不行的，只能喊个菜名，而新开一家饭店要应付很多政府部门的单位，询问啊，检查啊，保险啊，很头疼，舒你一定要帮帮我。

大厨小江，二厨小鸥，我收银兼接外卖，打杂的到时候忙不过来再找，老板也去，老板娘留在老店。后来打杂的也找了个福州老乡。

小江和小鸥都是偷渡到的美国，打杂的也是，他们跟老板是老乡，一开始就投奔勤华一家到美国。勤华一家都开餐馆，老头儿是第一代，拼命多年拿到身份，然后一家都来到美国，都开餐馆。开始都挤在纽瓦克，慢慢才分离出去。

大厨小江一到纽约就在勤华的餐馆做事，他欠着蛇头三万美元偷渡费。小鸥差不多也是那个时候到的，也欠着蛇头三万美元。这是二十世纪八十年代的价码，现在偷渡的收费，已经七万到八万甚至十万美元了，看你从哪条路走，要惊动多少带路的人，这是一条龙服务。翻山越岭，渡江过海，天上飞地下走，藏在船舱里，或者塞在货车中，途中遇到风暴沉船，就死了。路上遇到盘查，司机会弃车而逃，人在车里出不来，憋死掉。就这样的天灾人祸，挡不住偷渡的人。

小江是先进入加拿大，后从那里翻越山岭，在茂密林子里时走时躲，走走躲躲，千辛万苦才到了纽约。可若要跟小江的弟弟比，小江他们吃过的所有苦头都还算运气，毕竟有了个结果。小江的弟弟也是先去的加拿大，然后被塞进一辆卡车，跟货物装在一起，沿途经过很多关卡，停下来被边境警察检查，担惊受怕。装在卡车里而最终没有被发现，可见人要缩多么小。到了美国投奔哥哥小江，也是一到就开始打工。小江在勤华的店，弟弟去了老头儿的店。老头儿对人比勤华还和气。

不幸也在这里，在老头儿的店里弟弟送了命。从活着来到纽约，到死着离开纽约，不过几个月时间。连纽约什么样子都一点儿还不知道。纽瓦克开外卖店，都怕黑人抢劫，收工以后，一楼都把卷起的铁门放下来。打工的人睡在二楼，二楼窗户外面装铁栅栏。老板一家另有房子住。一天夜里餐馆失火，人被惊醒了却出不去。小江弟弟被浓烟呛死，还有一个从加拿大到纽约打暑期工的留学生，也在餐馆死于非命，才二十岁。

小江的弟弟走了，欠蛇头的钱仍旧要还，小江就得还双份偷渡费。勤华家本来说好要赔偿的，因为老头儿是公民，开店也买了保险，可是小江弟弟没有身份，刚刚偷渡过来，谁都不敢声张，一声张勤华爸爸的店就暴露了，小江也被暴露了，弄不好要被遣送出境。所以就没有赔偿了，主家也不提这事儿了。小江不甘心，说这笔钱勤华家肯定是要出的，私下也是要出的，哪怕少一点儿。他说勤华他爹希望他离开餐馆，到别处找工。他偏不走，他就是要在这里做工，直到他们为他弟弟的死赔出钱来。所以小江是一个礼拜工作七天，分秒必争地挣钱还债。

我是拿了J2签证到美国的，就是公费陪读签证。这种堂而皇之地进美国，让小江和小鸥对我另眼相看，说我是亮人，他们是暗人。可是我工资远比他们低，因为我没有经验。好在我英文好，能跟买中餐的美国人自如交谈。所以勤华非要我去新泽西帮忙。于是跟几个打工仔去了离纽约更远的地方。一到那里，跟其他人不一样，我做的第一件事，就是站在厨房的后门，遥望公交车经过的路线。老板说，那里有班车经过，是开到纽约去的。我站了很久也没有看到一辆车，不好意思了，开始收拾新店。小江他们对我很照顾，不光是照顾我不做重活，还照顾我时不时要站在后门看公路。他们就笑我，说你怎么那么想家。我何止想家，我想南京，想回国，想自由自在在新街口逛马路。

生意慢慢做起来了，美国人特别喜欢吃外卖店的宫保鸡丁、四川牛、芥兰鸡、春卷和锅贴、酸辣汤和蛋花汤。照我们看，这些菜根本不代表中国最好吃的菜。酸辣汤和蛋花汤成本那么低，可是卖起来一大罐一大罐的。到了周末，店堂里站满了白皮肤蓝眼睛灰眼睛的美国人，紧盯着我们打的每一个包，很有意思，也有成就感。他们都是买一家子吃的晚饭，回到家里边看电视边吃中餐，用筷子，那就是周末的享受。食客还会因为谁谁谁插队了起争执，但是他们从不催促我们，这点非常叫人起敬。拎着包走的时候，他们不会忘记对我说一声：谢谢！

一个周末就能赚回来很多钱。老板勤华每个周末都亲临餐馆，站在最后面看着我们干活，有时接不上了，他会插一句嘴或者递一个东西。我听见他对小江说：舒能独当一面了。

那时谁也没有想到，不久我将辞职。

周末的夜晚最思乡。当我们忙完星期五的活儿，也吃了自己的晚饭，锁上门回到宿营地，夜已经很深了。要说一下我们的晚饭。福州人的餐馆，都有大厨给打工仔做饭，从不马虎的。至少在我打工的时候规矩是那样。所以都是小江给我们做饭。我在洗大饭桶和铝汤锅时，小江开始备料。他们都是福建人，口味基本一样，而我是南京人，所以江大厨会问我想吃什么。我想吃的东西，老板都不愿意做的，成本高。小江往往让老板不高兴，抓几个虾放在鱼圆汤里。福建的鱼圆是有馅儿的，肉馅。他们吃鱼圆，我吃虾。累得不行的时候，我什么都吃不下，他们就会仔细问，总不会什么都不想吃吧。那种时候，我们都希望老板不到餐馆去，我们能自由吃饭。

他们的吃相都好，让我想起插队时候，农民吃饭都比知青有样子，他们都是不抢的，一筷子一筷子搛，低着头慢慢吃，不看菜盘。特别是小江，大概因为是他做的，他觉得他是家长，理当吃得最省。

有几个夜里，老板去赌城玩，不能开车载我们回宿营地，我们就只能走回去。路很长，夜又静，两旁都是豪宅，掩映在巨树的浓叶后，夜更加黑了。我们几个排成一行急急走，总是把我安排在中间。我们偶然说话，发出的声音在静夜里撞击出响声。左右张望，巨大的房子里总是只有几盏灯亮着，幽幽的好像来自另一个世界。我们根本无法想象那灯光中的生活，我们完全是外人，可我从来没有听小江、小鸥他们说一句不服气的话，我们都只看自己眼前那一点点小人生，眼观鼻，鼻观心，意在丹田。

所说的宿营地，其实是老板在那里新买的一栋房子，专为员工睡觉的地方，也是投资。第一个晚上去的时候，勤华跟我们一道去的，他开玩笑说，只有一间卧室，怎么睡呢？大家就起哄了，说怎么怎么。老板就说，他睡在中间，把我和男打工仔隔开。大家就说，你就是个好人？那时候，我们每一个人都很开心，并且产生了一点儿战友的情谊，同甘共苦。

其实有三间房呢，中间还有客厅，客厅放一台电视机，但是没有安装频道，一开都是雪花闪，此外什么家具都没有。我们回到那里，都不忙洗澡睡觉，都会在地板上坐坐，他们抽烟，我发呆。小江开玩笑问我，今天看到回纽约的大巴没有？我连笑都懒得。浴室是只有一间,总是让我先洗。我也不客气,一客气我就不想洗了。

他们笑话我想家,实际上他们做起来比我要结实得多。从那时开始,他们就用电话卡给家里打长途电话。公用电话边四处没有遮挡,一讲就是很长的时间,特别是小江,他的妻子儿子都在福建乡下。我觉得很奇怪,哪来那么多的钱打长途?

后来小江揭开了这个秘密。纽约的金融大公司,都跟电话公司签约的,有优惠。有些雇员进了公司都会发一张电话卡,属你专用,那张卡上有长长的号码,输入这个号码再输入你要打的电话号码,就能找到你的亲人。小江他们是怎么得到电话卡号码的呢?有内贼专偷公司内部的电话卡号码和密码,然后出售,单次出售十美元,还可以再卖给其他人。出钱拿到号码的华人,会马上致电亲朋好友,把号码告诉对方,于是好几个人都能用了,但是要快,拿到当天就要用,不然会作废。所以他们一接到电话,即使正在吃饭,也会迅速把饭吃完,披上衣服出去,餐馆外面不远就有公用电话,隔着玻璃窗能看到他们的烟头上闪着微薄的红光。

小江给过我一次号码,说你赶紧出去打,今晚一定要用。拿到号码我很激动,马上把米饭咽下去,穿上衣服跑到外面。我想着那样我就可以从容不迫地跟爸爸妈妈说说话了,儿子不放电话我也不会着急了。可是我真是一点儿经验也没有,怎么拨怎么拨不通，真不知他们怎么会一拨就通的。非常沮丧地回到店里，也很晚了，来不及让他们出去帮我拨，那次的机会就失之交臂，很难过。

在新店期间，我终于忍不住想给家里打个电话，跟老板说行不行。老板说行是行的，但你要自己付钱，我说当然是我付钱。于是找了一个南京白天的时间，我开始拨号码，而在我那里正好准备开始忙晚饭。我拨电话的时候，他们都看着我，小鸥问我，你不要事先约好家里人等吗？我摇摇头，说家里有电话。

接电话的是爸爸。听到是我，他的本来已经老苍苍的声音突然都沙哑了。他问我在哪里，我说在工作，他问我什么工作，我说一家酒店，我管账。爸爸问我吃苦不吃苦，我说爸爸我每个月有九百美元收入。爸爸对美元和人民币兑换没有概念，我就说给他听，一美元等于十块人民币。爸爸又问我什么时候回家来。我没有作声。爸爸说：明年我就要八十岁了。我问他，爸爸你希望我回去给你祝寿吗？爸爸说，看你了。

后来跟谁说了话，说了什么，我一点儿印象都没有。只有爸爸这几句话，多少年来一天没有忘记。

老板看着我，点点手表，意思是要忙了，挂了吧。我挂上电话就失神了。小江走到我身边轻轻说，舒你看上去难过啊，老板盯着你呢，我们要忙了，你能做吗？我看看小江，他的眼睛里很多同情。我点点头，开始整理外卖的饭盒塑料盒和纸袋，心里全想着爸爸说的，明年他就八十岁了。

因为这个电话,勤华对我不高兴。我不明白他为什么不高兴,电话账单还没有寄到,他就跟我说那个电话大概要付三十美元,而我说话才几分钟。

我辞职了。

老板感到很突然,新店刚刚火起来,他才说下个月要给我加薪,加到我告诉爸爸的九百美元,那之前我只拿七百。虽然我没有告诉他真正的原因是什么,他大约也猜到了,就让小江劝我。小江辜负了勤华的托付,他没有劝我不要走,就说,我知道你很难过,不过到了美国都是难过的,你以后要是找不到事做,给我电话,我来跟老板讲,或者也可以介绍你到别的餐馆去做。

走的时候,我很难受,看到小江他们头上戴着白纸糊的帽子,身上的围裙上沾满了菜汁和肉汁,他们站在门口跟我告别,脸上的微笑一言难尽。小鸥说,你走了,择菜的时候没有人唱歌给我们听了。小江没有说话,也许他想到了客死异乡的弟弟?还有双份的债务?

纽约的茫茫人海中,我们从此没有碰到。每当想起他们,心都刺得痛,很痛。

杰克逊高地

木心先生曾经是纽约皇后区杰克逊高地的居民。有过五年光阴,他在这里为一群中国艺术家讲述世界文学史,陈丹青是听课学生之一。木心逝世后,他用听课笔记出版了《文学回忆录》,在该书后记中,他留下了木心先生在杰克逊高地的完整地址和电话号码。

我也曾经是这里的居民,在我心中,现在的杰克逊高地,和过去全然不同了。

纽约分五个大区,皇后区隔着东河,遥望曼哈顿,杰克逊高地就在皇后区的西北部位。这一区域建于上二十世纪三十年代,是那个年代纽约中产阶级仿效欧洲风格建造的高级公寓区,类似今日中国的“小区”。据说,著名的查理·卓别林曾在这里住过五年,又据老纽约说,那个年代,曼哈顿不少老板把情人安顿在这里。七十年代后,白人居民逐渐减少,东欧、印度和南美的移民渐渐进入,八十年代后,选择移居到这里的华人越来越多。九十年代,纽约市政府将杰克逊高地列为古董街区，更换了路牌，并派增两位跨马巡弋的骑警。这一带的树木历经七八十年的历史，春夏季节，每条街布满林荫，伏在高楼窗口往下看，茂密的树叶遮挡视线，多数公寓临街的小花园种满各种鲜花，教堂多，四面八方次第传来早晚的钟声。

杰克逊高地的交通中枢，在罗斯福大道和74街交口，车水马龙。贯穿曼哈顿和法拉盛的七号地铁日夜隆隆驶过。在82街地铁站下车，走下数米长的露天扶梯，是三十七大道，沿着82街一直走一直走，约二十分钟左右，就到了二十五大道。

木心先生曾经寄居的寓所，临近二十五大道，他在这里住了将近六年。从来没有人用中文描写过杰克逊高地，直到木心写了这首诗：

五月将尽
连日强光普照
一路一路树荫
呆滞到傍晚
红胸鸟在电线上啭鸣
天色舒齐地暗下来
那是慢慢地，很慢
绿叶藂间的白屋
夕阳射亮玻璃
草坪湿透，还在洒

蓝紫鸢尾花一味梦幻

都相约暗下，暗下

清晰？和蔼？委婉

不知原谅什么

诚觉世事尽可原谅

诗中是杰克逊高地五月的傍晚，宜人无雨的五月天。初读这首诗，小巧玲珑，似可隐约联想恋爱中漫步的心境。然而，奇峰突起，收尾两句在柔和的暮色中，忽然道出诗人的内心——多么好的尾句！容易懂吗？不。为种种事、种种理由而不肯原谅的人，不会懂这首诗。

在《文学回忆录》的“后记”中，陈丹青引用了这首诗作为结尾，而这首诗的题目，木心先生就题为“杰克逊高地”。

1994年到1999年，我在杰克逊高地住了六年，也是这里的居民。读到木心这首诗，我心中又骄傲、又亲切。“诚觉世事尽可原谅”，就是他在杰克逊高地漫步时曾经有过的心情。能够想象，那天他心情好，正在走向某一位听课生家中的客厅，摊开讲义，讲述他的文学记忆。那一路，他的感念与诗心，我们永远不能得知：就在那个五月的傍晚，在我熟悉的街区，这位老者在心里原谅了一切，而且为此写成了优美的诗。

不知道那天傍晚他走在杰克逊高地的哪条街？是去谁家

讲课?很久很久以后,某一所公寓前厅的墙上,会刻上这首诗,使之成为被保护的建筑?

我从未见过木心。

1989年木心开课时,我来到纽约才三年。1994年木心讲完最后一课,我家搬到杰克逊高地——那年,我们搬离曼哈顿上西城的克莱蒙街,四处找房,最后选定杰克逊高地74街的一处公寓。1994年,在不远处的三十五大道和82街口买了一套公寓,住到1999年。现在我才知道:从我公寓出门左拐,向北走,穿过北方大道,继续走,就是木心先生的居所。

这个地点,与我的公寓只隔着十条街,步行十五分钟。当我在《文学回忆录》中看到这个地址,深感阴差阳错——我与木心先生曾经做了两年近邻,可是,我从未见到他,见到了,我也不认识他,不知道他。1996年,木心就从杰克逊高地搬走了,那年他六十九岁。

陈丹青说:“我们是杰克逊高地的居民,我们与木心曾在那一带出没。”这句话,带着归宗的意味,好似我们都在水泊梁山。“出没”二字,精神抖擞,即刻再现了从前的生活。是的,细想起来,我怎能肯定从未在杰克逊高地路遇木心?也许我下火车时,他正踏上七号车站天桥?在露天的果蔬铺子前,我们或许同时挑拣过番茄、苹果、橘子?当北方大道的红灯亮起来,也许我与先生并肩站街沿等待绿灯,我看到了他,他也看到了我——或许我们有过注目礼，点头，甚至微笑？

这是我的想象。木心先生目光锐利，他从我等待的身姿、对他的笑意中，会想到日后我是他诚挚的读者吗？

我愿意这样想，我愿意相信：他也那样想。

《文学回忆录》的所有听课人，几乎都离开了杰克逊高地，包括我。可是，杰克逊高地仅仅因为木心先生曾经在那里住过，在那里讲课，在那里写成世界文学史讲稿，成为迷人的地名，在2013这一年，越来越多生活在遥远中国的读者，知道纽约有一个地区，名叫“杰克逊高地”，知道木心先生有一首诗，题为《杰克逊高地》，那穿越五年的文学长征，就在杰克逊高地！

陈丹青四十多万字的听课笔录，当年也多半完成于杰克逊高地。木心逝世后的2012年春夏，他两度回到纽约探亲，他的母亲仍然住在杰克逊高地。那一年，他经历了丧母之痛，可是仍然夜以继日，录入笔记。

由于《文学回忆录》，木心生活过的杰克逊高地，成为读者神往的高地；由于《文学回忆录》，我所生活过的杰克逊高地，成为我记忆中的新大陆。

在木心先生的众多读者中，我稍有不同，因为，我是唯一一个仍旧生活在纽约，仍旧常常乘坐七号地铁路过杰克逊高地的“前居民”。七号地铁穿越皇后区，整段高高的路轨都在露天运行。自从读了《文学回忆录》，每当地铁从东至西驶过杰克逊高地南侧地界，特别是经过82街和74街车站时，我总会朝北张望，越过鳞次栉比的公寓楼顶，向着目力难以抵达的二十五大道望去，心里想着木心先生：这个历尽沧桑的文学使徒，这个给我们留下金贵的礼物的诗人。每次从地铁上遥望他曾所在的杰克逊高地，我会为那些曾经亲聆讲课的学生、为远在中国的陌生读者，向杰克逊高地，默默致敬。

怀想木心，向木心致敬，是我心中的自觉与情感。在读他的书的日子里，我从难过到平静，从愉悦到开心，很多夜晚，我都会被他的只言片语照亮，这种神奇的读书感受，从未有过。

我点击网上的读者跟帖，文字之好，表达之丰富，感情之真挚，聚集逾百万字！在我所知道的阅读记录中，可能从未出现过。那么多读者看了木心的书会哭，夜不能寐；会笑，难以抑制；也会沉默，久久不想说话。在我众多不同职业、不同年龄的朋友中，他们从这本书中各自得到各自的所想：文字之美，表述的高超，做人的道理，为友的准绳，心情不好时，得到宽慰，回首不堪回首的往事，有了勇气……这些你连想都想不到的反馈，都因为木心先生。

那些涉世不深的年轻读者，他们的留言让人见到希望。他们在这样好的岁数上就能读到木心的文字，何等有福！我和我辈的读者朋友，当然也有福，只是来得太迟——当我还是初中生时，学校关门，书籍被焚。在最该读书的年纪，失学了。父亲焦虑万分,在朝不保夕的年代,有一天傍晚,他要我戴上口罩和大围巾,跟他出去。我们穿过小街小巷,避开眼目,来到一位老友家借书。老友惊恐地问,怎敢在这种时候出来找书:不想活了吗?但他还是打开藏书的壁橱。我至今记得父亲蹲在地上埋头找书的身影,书被塞进大旅行包,临走,老友问他:你到底要干什么? 父亲看着我说:

"她正是读书的年龄,再不读,就来不及了!"

再不读,就来不及了——这是一位智慧老人在我少年时代给我的新生活。四十多年后,我知道了木心。读木心,要放下自己,不要诠释,仅只领受、感受、享受,就能得到很多很多。要惜福——不然就来不及了!

陈丹青得知父亲带我借书的往事,来信中也谈到《文学回忆录》,这样说:"一个所谓小众的木心,现在变了,还不是大众的,但已然成为不可预估的什么,徐徐散发光芒:这是很长的剧情的开始,是可以让你父亲在没顶之灾前,冒死领着孩子去找书。"

1994年文学远征结束的那年,离我们越来越远了。文学课程的听课者,早已风流云散。那张木心坐在谁家地板上谈笑风生的黑白照片,是他留在杰克逊高地唯一的一张授课照——我见不到木心先生了,但我能够经常眺望曾经庇护过这位老人,并孕育了《文学回忆录》的杰克逊高地!

「沧桑与传奇」

今月曾经照古人

皇冠大酒店在新泽西州，是著名收藏家邓仕勋先生的家族生意。今年中秋节，受邓先生邀请，前去他家看藏画，之后到“皇冠”聚餐，过中秋节。

“皇冠”我曾经来过两次。第一次来也是秋天，也是晚上。那是1996年，字画鉴定家萧平先生受马里兰大学邀请去讲学，也受纽约大都市博物馆东方部之请去看库房画，其间两天时间专程去邓先生家看藏画。那天开车送萧平夫妇从纽约到皇冠酒店，晚餐后回纽约，他们随邓先生去斯坦顿岛的宅第。那是我第一次见到邓先生和他的生意，酒店开得很好，规模和格调都是上乘，却对邓先生的收藏没有太多了解。

未曾想到邓先生的收藏如此令人震撼。

亲见这批令人高山仰止的藏画，从1996年算来，十五年过去，终于有了这个机会和殊荣。整个下午我们都在邓先生家看画，忘记了世界，忘记了时光，看完天已经黑了，开车一个多小时到酒店。那时，一轮明月正在升起。走出邓先生的越野车，抬头仰望，月亮又高又远，光华如水，年年如此那么熟悉。再看邓先生夫妇，竟有些隔世之感。皇冠酒店里璀璨的灯火流泻到外面，林木婆娑，花草朦胧，好像身在一个梦里。这个梦，不知是唐宋明清那些大画家的梦托到今世，还是我的迷思回到久已远去的朝代？我们是那些古画前的过客？或许那些刚刚亲眼看到的古画是我们梦中的海市蜃楼？

与十五年前比，皇冠酒店似乎一成未变。墙上的画还是那一年的，玻璃鱼缸中的水草和锦鲤，仿佛从那年活到今天，吃饭的人总是那样轻声说话，清波远荡。我们六人落座的圆桌，离1996年萧平夫妇来时大家落座的圆桌，仅一步之遥。当年，墙上挂着一幅陈逸飞的女子吹箫图，如今，那幅油画依然悬挂在老地方，可是陈逸飞先生已经不在了。

十五年时光，若以“如水”形容，不过是雨后浅洼中的积水，瞬息蒸发。不要说十五年过去了，唐宋至今，一千年都过去了。在邓先生家，我们亲眼见到的唐宋元人的“集古惊奇”，南宋马远的《王宏送酒图》，直到邓先生重中之重的藏画——元代王蒙的《涤砚图》，都承载着八九百年的历史；明仇英扇面《春江幽亭》，徐渭的《竹石牡丹图》，到清八大山人的扇面《鱼群》、板桥的《水仙》，相较于唐宋元距今近了几百年，但也有三四百年。光阴在这些惊世的画面上留下清晰足音，且不要说近现代中国画中那些如雷贯耳的名字——傅抱石、齐白石、张大千和徐悲鸿，虽都只是二十世纪人，可已无一尚在人间了。八百年来的传世之作在短短五六个小时中匆匆过目，能不恍惚？能不觉人在古今之间徜徉？

邓先生说：喝酒吧，喝点什么？红酒。

殷红的酒色叫我想起齐白石的一幅挂轴《梅花图》，用了两种红色画梅，酡红和浅红，酡红浅红的梅花茂密叠生，从漫长的老枝一路垂下，泼泼剌剌地。杯中的红酒就很像那梅花的酡红。我当时问邓先生能不能拍照，他说能，能，拍吧。

那是一个“时刻”，一个你一旦进入就将永难忘怀的“时刻”。能去邓先生家看画，是一个殊荣。十五年前萧先生前往，我们因事没有去成，遗憾与良机失之交臂。酒席上我很想对邓先生说，今天很荣幸，有机会见到你珍贵的收藏。可因为下午受到的冲击太大，还没有恢复平静，竟一时不知如何表达，仅只举杯，祝他和夫人健康。

邓先生是个擅长表达的人，说话讲述深入浅出，以质朴的语言表达深心的感受。说起了傅抱石笔下的侍女，邓先生说，看看，仕女画得好清爽，傅抱石画的女人是喝露水的噢。他是香港口音，而唯其有着浓郁的地方口音，听上去才格外贴切。

邓先生因藏品丰富品质精绝，而享有盛誉，美国各大博物馆的亚洲及东方部没有不知他的,并且与他交谊深厚。接待我们之前,他刚刚去了波士顿美术馆、华盛顿的弗利尔美术馆,受到主管热情接待,他们为邓先生专门开放库房看传世藏画,也允许他带远道而来的朋友进入库房。在美国,有建树的华人不少,收藏圈中的华人也不少,极少有人像邓先生一样得到这样特殊的礼遇。

看画时听他的解说和赞叹,好像那些画不是他自己的,而是他第一次看人家的收藏,那种激越的感情十分罕见,又毫不遮掩,不时展露的笑容有孩子般的感动和惊讶,传神地阐释了什么叫“迷恋”。

人总是会倦怠的,不论收藏还是写作,不论做官还是挣钱,都会累的,光阴对世上一切人事都有销蚀的作用,唯有因爱而生的激情具有再生能力的人,才会永不倦怠。

二十多年前,收藏在中国是一个陌生的领域,虽然中国之前经历过四次收藏热——宋、明、清、民国时期,收藏古物之风蔚为壮观,但1949年直到改革开放,收藏在中国一直处在衰微中。我在美国,也正在打工和读书,对古玩和收藏尚在两界中。但因为一幅傅抱石的《湘夫人》,邓仕勋这个名字,走进了我的生活。

“皇冠”离南京何其遥远?往事已经远了,如不是这次见到邓先生,那远去的往事只会更加遥远,渐渐到不再能触发珍贵的记忆。

下午，走进邓先生的书房看画，他对我说的第一句话是：谢小姐，你家那幅《湘夫人》还在吗？

我说：在的。他转头对夫人说：她那里的傅抱石可是一幅好画啊，很难得的，千万好好留着！

说这番话时，他眼睛里的神采，与十五年前我在皇冠酒店看到他时，丝毫没有改变，充满神往之情。

邓先生爱画爱到什么程度？他说起一段往事：曾有一位藏家与他协商，要出高价希望他出让石涛的册页，邓先生碍于朋友情面没有办法说“不”，反复思量最后答应。与那幅画分别的前夜，邓先生万般不舍，昏昏入睡时竟在梦中哭了，直到把自己哭醒。第二天打电话告知那位藏家，实在对不起，画不让。

邓先生之前问我的那幅画，是傅抱石先生送给我父母亲的，作于1961年深秋，在南京莫愁湖旁的胜棋楼成画。作画的情景在《江苏五十年大事记》中，有一张黑白照片为记。当时父亲母亲都在一旁看，傅先生俯身作画，还有画家亚明和其他人立于一旁。当时傅先生喝了酒有些微醉，微醉是傅氏作画的佳境，无酒不成画。萧平先生曾说，这是傅抱石所有《湘夫人》中尺幅最大的、人像离画面最近的一幅，眼神尤其好。还说，因为傅先生是喝了酒下笔，所以画上的书法是狂草，十分罕见。

邓先生得知我家有这样一幅《湘夫人》，便托朋友引荐，希望能够一见，也想问一问能否出让给他。但因当时父亲去世不久，母亲的怀念耿耿于心，自然不舍得，所以邓先生没有看到。我就是这样知道美国有一个华人藏家，正在收藏傅抱石。在中国史上第五次兴起的收藏潮中，邓先生走在最前面。很多年后，邓先生再到南京，仍旧希望能够见一见《湘夫人》。那次母亲同意了，年岁的增长时光的迅疾，让母亲对人生和身后事有了急迫感，但仍旧因不舍得父亲留下的珍品，而没有出让。但那次邓先生亲眼看到了《湘夫人》，并且数年过去仍历历在目。

看画到中途我才知道，邓先生是特意请我看看他收藏的二三十幅傅抱石的画作的。

这是一个非常令人吃惊的数字。今天，收藏拍卖场上，只要有傅抱石的画作，基本可以奠定这场拍卖会的品位和档次。傅抱石成为当代中国传统画高度的标尺，不要说二三十幅，就是一幅精品，也足够让人欣慰不已。很久以来，我一直不知道邓先生藏有那样多的傅氏画作，后来跟傅抱石女儿傅益瑶聊天，才知道他多年来一直是傅家的朋友，深得傅家人信任喜欢。

邓先生从傅抱石画开始收藏，只因为他看中了傅氏画超凡的美和笔力。于是从那里出发开始了他长达二三十年的收藏，直至走上收藏宋元明清巨作之路，成就斐然。

有一次聚会时，一位老板藏家私下问我：你看，我们现在买一幅宋画，没有上亿想都不要想，这个老邓他，就这么一家酒店，竟有宋画！

邓先生何止“就这么一家酒店”？邓先生何止“一幅宋画”？这位先生看起来是没有参透天机。

在邓先生的藏画中，几乎众口一词认为他的压箱之宝是王蒙的《涤砚图》，所有看过并且作文介绍的，都把最重要的评论放在这幅画以及马远和夏圭的画上，然而傅抱石藏画的数量和质量都仍旧是邓先生藏画中极有分量的一份财富。由于数量多，所以每一批去看画的人，并不是都能看到傅抱石全部画作的。

邓先生说：谢小姐今天你来了，我给你看我全部的傅抱石，《林海雪原》也给你看，这幅画在这里我从不拿出来给人看，因为你父亲也是藏家，他跟傅抱石又是朋友，所以我要全部给你看看。

当《林海雪原》缓缓从高处往下展开的时候，我这颗不容易感动的心起了激动，时光交错此来彼往，影影绰绰几十年的人和事顷刻之间交汇在画面上，令人掩面。

这幅画作于1961年，迄今整整半个世纪。四年之后，傅先生与世长辞。

《林海雪原》的用墨和气象，我无法用文字描述，请读者看照片，亲身去感受画面上和画面后的意境。邓仕勋所藏傅抱石画，爱莲居出版社印刷出版的《涤砚草堂珍藏画集》中，有萧平先生撰文，做了精准的阐述。

面对《林海雪原》，我突然走进别人看不见的所在，站在墨色淋漓的画面前，人是静的，心里却倒海翻江，往事奔涌而来。我看见早已不在人世的父亲，嗅到了父亲书房里熟悉的书卷气息，桌上的水丞、端砚徽墨、笔架和毛笔忽然一一陈列眼前；看见父亲常年挂在书房的《湘夫人》，她哀婉宁静的眼神，朱砂红唇，衣袂飘飘，身边数片凄清落叶。进去看到她，出来还是看到她，我当时不懂得为什么父亲如此钟情这幅画，画画的人不是还活着吗？

我不知道有没有见过傅抱石先生，但也许见过的，因为他常去我家，在父亲诸多的朋友中，一定有过那个了不起的身影。而那时的父亲也未必想得到几十年后，傅抱石先生会在中国现代绘画史上成为一代擎天大柱和一代传奇。

我也没有想到我后来的人生，总是与这幅画发生着千丝万缕的关系，而我结识的很多人也都与傅抱石先生有关，及至今天到邓仕勋先生的家里欣赏他的精绝藏画，与他共度中秋，无不与此有关。

邓先生拿出所有珍藏的傅抱石画作，使我在远离南京的纽约，忽然感受到久已远去的人生状态，那种精致文雅但又豪迈恣肆至真至美的人生状态。这种状态被父亲带走了，被傅抱石带走了,但却因为邓仕勋先生的不懈努力,她又闪亮起来,像烧红了的红炭火埋在灰烬中,一朝拨开灰烬,炽热的光芒便在周围息息辉耀。

邓先生拿出来一封信让我读，那是一封纽约大都会博物馆亚洲艺术部主任何慕文先生写给邓仕勋的信。邓先生说:来,让你看一封信。

我本以为是一封英文信，不料这个地道美国人却是用极好的中文写成,文笔流利字字达意,情意切切绵绵。

何慕文先生称邓先生“涤砚草堂主人”,这个堂号就来自他本人所藏王蒙的《涤砚图》。

摘录几段何慕文的信:“……恭喜您建立起美国一个最好的中国画收藏,这是个大成就。您的每件藏品都值得在博物馆展出……保存您的收藏的完整尤其重要，以显扬您的鉴赏力和您所赞赏的画家的创造力……我希望有机会与您合作,使您的收藏将来纳入大都会博物馆，与中国近代其他最重要的鉴赏家像张大千、王己千、翁万戈等人的收藏汇聚一处……将其藏品的大部分集中在一个世界级的博物馆中保存……”

接下来,何慕文动之以情的笔触最深地打动了我,我竟忽然落泪。他说:“作为一个来美国成家立业的移民,您的收藏若能长远地造福其他美国人,以此答谢美国给您成功的机会,将会更有意义……您也将协助我们教育美国民众中国文化和艺术鉴赏的最高理想……您提供的傅抱石画就有助于阐释中国地景画的悠久传统。”

在场的人一时都静下来，让我流泻的感情有个宁静的空间，邓先生一言不发走过来，轻轻拍拍我的肩膀。他一定猜到我是看到哪一段掉泪的。以他在收藏中展现的洞烛幽微的洞察力，他对人的心理也一定有着超乎常人的理解。没有这一点，不管他从事什么职业，也不管他多么富有，都不可能成为杰出的藏家。

何慕文以这样一句话结束了他给邓先生的信：“蒙特伯乐馆长常说‘伟大的艺术无法彰显自己’……希望我们能够协力达到更高的目标。”

一个早年从中国香港来到美国的默默无名的移民，辛苦努力地经营餐饮生意，一家人同心协力，在异国他乡合法劳动合法挣钱，用挣来的钱开始漫长而智慧的收藏，直至走到光辉的顶点，这是何等的成就？

何慕文先生的信文，用的副词都是比较级中的最高级，但在我读来，“移民”两个字最感性最动人，正是在“移民”二字的背景下，邓仕勋先生才彰显了他的伟大收藏，和他作为藏家的响亮名字。

晚宴结束之前，我们再次举杯感谢邓先生给我们如此的荣幸。邓先生说，不客气，我这是替大家暂时保管的。

皇冠酒店外夜色清澄，月亮升上中天，孤独宁静，纯澈一如千年之前。我们今天之所以能知道马远、夏圭、王蒙、董其昌、王原祁、八大山人等这些卓越的名字，并有幸看到他们杰出的画作，除了史书的著录，历代的藏家功不可没，他们默默无闻地承接和传递着文化的记忆，他们的名字同样功垂千秋。邓仕勋这个名字，便是其中之一。

北宋书法家米芾说：绢八百而神去，纸千年而神去。祈祷再有八百年一千年，后代仍旧有幸看到历朝历代卓越的书画真迹。

那时候的人，将会在众多的神品上，看到一枚收藏印：仕勋心赏。

谢女士　谢女士

将《陶白捐赠文物集》赠给纽约市法拉盛的公立图书馆。这个图书馆有很多中文书，华人读者很多，此馆的使用率在公立图书馆中总位列前茅。

这本文物捐赠集，是北京文物出版社和江阴市委，在父亲去世十周年时，为他捐赠给博物馆的所有藏品印制出版的大开本书画集，质地极为精良。

馆长是美国人，从里间办公室走出来，客气地与我交谈。他问及画册中的文物捐赠人跟我什么关系，得知是我父亲时，他十分吃惊，连连摇头难以置信，说：He is your father? Your father?（是你父亲？父亲？）

他用手指轻触封面，赞叹地看着封面上清代画家边寿民的大写意泼墨荷花图，“The quality is so good（质地真好）！”他摇着头说。

当发现集中只有中文时，馆长对坐在桌上编目录的人说，请你去把 ××× 请来，Thank you！

一个五十多岁的华裔女人走进来，短发，中等个儿，蓝色裙子，黑绸短衫，眼镜由一根黑色长结拴着挂在胸前。她看看我，点点头，没有笑。我看看她，点点头，也没有笑。馆长介绍我给她，她稍稍起了点笑容。我们隔着咫尺之遥，彬彬有礼。她说她姓谢。我说我也姓谢。她稍稍用心打量了我一眼，旋即目光闪开。

馆长请她把前言翻译成英文，做一个介绍。他说其中的明清字画是广受中国读者喜欢的，一定要好好译介。谢女士说，我们这里凡有中国古字画的刊物画册，有时会被人撕掉一张带走，尤其是书法。这本画册这么精美，编成参考书吧，不出借。馆长同意，说那就这样，这事交给你。

谢女士见我可与馆长直接英文交谈，对馆长加了一句：我觉得谢女士就能翻译前言，她比我了解里面的内容。

我对她说，应该你做，图书编目是专业，我不懂，光懂英语不够的。

我们彼此笑笑。

我给她留下电话号码，假如有问题尽管问我。几天后，谢女士给我来了电话，有个问题想要请教，她说："谢女士，我看了前言，说你父亲从前是宣传部长，这个'宣传部'，英文怎么译好？"

谢女士拿不准“宣传部”怎么英译合适。

我想了片刻，不喜欢翻译成propaganda department，就解释说，我父亲不光是管宣传部门，还管教育和文化系统，译成：in charge of education and culture（文教文化系统负责人），你觉得是不是更贴切一些？谢女士认为这样很好。

沉默片刻，谢女士说：谢女士，有句话我想对你说，不知是不是不合时宜。她的口气有些迟疑，温文尔雅的迟疑。听了她的话，我有些紧张，除了捐赠书之外，还有也许不合时宜的话？我尽量平静地跟她说：您请说，没有不合时宜的。

于是她说，我在美国很多年，在图书馆做事也很多年，长年累月在法拉盛街上走，见过很多华人，从来没见到你这样的华人。

我迅速想象：在法拉盛大街上走着的我，究竟什么样？

去图书馆那天，我穿黑色V领短袖衫，V领下黑色绉纱流苏般垂至衣摆，黑白碎花布一字裙，裙外罩浅薄纱，两边开低衩，头发盘在脑后。似乎是无可挑剔的，吻合我的年龄和阅历。谢女士是说我模样端庄知性吗？但不能确定，所以我问：是吗？为什么？

谢女士温婉地说：看到你，不知为什么，想起1949年，我跟随父母搭船到台湾的情景，不知为什么。

沉默。

我方寸全乱。这是接不上话茬的对话啊。

可我还是随口说:是吗?为什么?

谢女士说:是啊,不知道为什么,看到你就想起1949年撤退的我,那时我小。“哦,对不起,谢女士,有些唐突,可能不合时宜,我没有这样说过话,不好意思,打扰了。”她听上去很不安。

我连忙说:没有没有,谢谢你啊!

我谢她什么?我听懂她的话了吗?

这么重要的话头,竟然没有接好,谈话就此结束。谢女士马上以修正的口吻说,要是再有问题,跟你联系可以不可以?

我说:任何时候都可以,任何时候!

我犯了一个大错,把一个富有历史深度的提示和感受,误会成表面的夸赞。这是我最不能原谅自己的肤浅。

事后越想越觉出她的话意味深长,我不知道她从我这里感知到我们之间的截然不同,还是感知到我们之间的相同之处。直到今天我仍旧参不透她的意思。只感到她是个内心丰富而身世复杂的台湾女人。与我初见之下就能这样说话,是小女孩的真心真意,是赤子之心。没有切肤之痛,谁会这样告诉一个陌生人，你让我想起童年的惨伤经历？

隔了一段时间，我去找她，不巧她不在。再后来，我又去一次找她，她还是不在，出国休假了。一个不经意的失之交臂就是永远不能再见。

之后我回南京，母亲去世，心情不好。回到纽约常坐在靠窗的沙发上，回想妈妈的一生，她是广东淡水镇大户人家的小姐，出逃上海投身革命，后参加新四军，二十多岁就是军部医院教导员。

动荡不宁的时代，有几个词剜心剜肺：含辛茹苦，私奔出逃，流亡撤退，远离故土，爱恨情仇，客死异乡。这些词，似乎说的是个体遭遇，其实里面的炮火硝烟和历史潮汐，历历在目，声声入耳。

母亲年少逃离富裕家庭，远去上海参加革命；我过三十华年远离故土移居美国；谢女士幼小随父母离开大陆到台湾。这些都是女人身世中充满流离不安至死难忘的经历。

龙应台说，1949年前后出生在香港和台湾的孩子，多有名叫台生、港生、陆生的，记下了孩子的出生地和父母的动荡生涯。就连龙应台的名字，也有一个“台”字。她就是出生在台湾高雄的。

在中国大陆，1949年前后生人，不管什么家庭背景，都是共和国一代人。这在孩子的名字中得到印证：国生、华生、新生。还有渡江、南征、开国。更有父亲在淮海战役中牺牲，母亲为遗腹子取名念淮的。

这是我年少时认识的朋友们的名字，多为年代名、地名、事件名。

孩子的名字都是父母的一番苦心，有为孩子的一生祈福祝愿，有为纪念家中前辈，有寄托情志心志，也有深藏父母心中的牵念。望孩子长大无灾无难平安过好。有些家世深厚的百姓人家的孩子，他们名字的含义和发音，更总在刚才历数的名字之上，字面上文气沉静，不争不抢，笔画复杂一些，念起来不那么上口，却更有一番隐蓄的甘苦和教养。

谢女士叫谢继群，她是在国民党撤退之前出生，名字中没有在台湾落生的那些孩子名字的特点。她在出生时，国民党并不知道即将千里撤退到台湾，因此她的名字中也没有对大陆家园的难舍。这个名字有些中性，大概女孩取个那样的名字好养大，坚定勇敢？还是有家族的内涵？

台湾不少小说写到眷村生活。眷村就像军区大院，撤退到台北的军人家庭聚集在那里，后代都在眷村长大。龙应台和谢女士都在眷村长大。台湾女作家朱天心有一部短篇小说集《想我眷村的兄弟们》,写的就是那些子弟的成长故事。

初到台湾安顿下来,军人家庭的生活相当不安艰困。谢女士的家，也经历了最初抵达宝岛的艰难和惊恐，种种不测风雨,已经无从对我细说。

我大名谢舒,曾叫星星。星星也是大名。本意是五星红旗。妈妈说女孩子叫五星不好听。五颗星是复数,星星也是复数,所以我就叫星星了。

妈妈,一个兰心蕙质的革命女人。

“1949”这一年份,对我这一代人,以及1949年之后几年出生的人,有一种魔力,好像终生都是我们的本命年。

谢女士随父母告别大陆时，我父母正随大军准备挺进南京城。谢女士站在船上遥望渐渐远去的海岸线时,不知道有一个即将诞生在无锡的女孩,在很久的将来会与她相遇。

我的人生和谢女士的人生,就那样失去了同色的背景。

各是各的悲喜,各有各的恩怨。

可是终究,这一天来到。我和谢女士,在纽约公立图书馆遇到了,并且为了我父亲捐赠的画册,有过一段意味深长的谈话。是那么简短,寥寥几句,却远胜过我与他人无数的深谈细谈，多年来在我心里波起浪涌。在谢女士锐勇的坦诚面前，我很惭愧。当时竟没有感知那是一个十分重要的心灵沟通的时刻，是我们盼了那么多年终于走到彼此身边的时刻。

谢女士一定也读了龙应台，还有齐邦媛女士的《巨流河》，王鼎钧先生的《文学江湖》。历史的巨流在他们笔下潺潺湲湲，多少沉痛往事从不同的源头和来路，由此显影。

我猜谢女士的感触一定很多很深，她会更想与从浙江去到台湾的龙应台见面说话，而不是与我。

但我渴望能和谢女士坐在咖啡厅一角，低声说话。我会先向她道歉，把她浅尝辄止的重大话题，接下去说。

也许她会告诉我，她跟中国大陆长大的女人不容易交往，有疏离感，特别是1949年前后出生的大陆女孩。

而我会告诉她，我跟从中国台湾来美国的女人也不能一见倾心。

我不知道她有没有去过祖国大陆，回到离开了几十年的故乡。

我也没有去过台湾。

我们一定会相互一笑，那一笑很可能就来自我们在图书馆的一面之交，来自她电话中坦诚的告白。

我很想问她，为什么在和她见面的时候，我会让她想起

1949年她随父母撤退的情景？

我身上的哪些东西唤醒了她童年的记忆？

我们难道不是彼此的镜子？是根同心不知的姊妹？

我们终能够面对面站在一起，是不是历史的河流已经转弯？

我想在很近的地方看着她的眼睛。我们的眼睛都历尽沧桑，在各自的社会动荡中走完少年时代，蹚过青春和中年的长河，如今岁月已远，已远。我想告诉她，我写的《翡翠女人》，不久前在台湾出版繁体中文版，书名为《翡翠女人传奇》。

当我扎着两条马尾辫，走在通往学校的路上，不曾想到有一天，我写的书会在台湾出版，立在诚品书店和金石堂书店的书架上。

我的父亲母亲也不会想到，他们的女儿会以这样的笔触和感悟，写出现在这篇文章。

世界，世事，风流云转，有多少传奇叫人心灵震颤？感怀深远？与谢女士这一段即逢即散的相识，有如银河星汉，恒久闪亮。

而我最想最想问谢女士的是：离岸登船东去的那天，是几月季节？你穿什么样的衣服？是裙子？什么布料？什么样式？长短抵膝吗？你梳着什么样的发式？小辫子？短头发还是童花头？

你有没有那一天的照片？

也许你只有底片，在你的心底保藏。这张底片几十年后突如其来，在我身上显影，你看见了那天的你。

自从登船东去，多少年后，你我来到纽约，我们得以相逢。

饥饿的父亲

书柜最上层正中间，是《三地书》，海蓝封面，蔚然明亮。

书有副标题 ——

殷福海家书

殷志鹏编注

由台湾传纪文学丛刊1984年出版。

书拿在手上，隔世之暖沁入肌肤。翻开扉页，上有编注者的赠书签名：

志鹏慈节 合赠于1986年11月1日。

那一天距我到纽约仅两个半月，我是同年8月16日到纽约的。不敢相信，此间岁月已过去二十九年。

殷志鹏是我在纽约遇到的第一个南京老乡，第一个请我吃饭的纽约客，第一个送书给我的作家。初到纽约，最需要的是工作、挣钱、吃饭、交房租，多少年过去，才明白这本书是我得到的第一份珍贵礼物。

我们是在哥伦比亚大学图书馆遇到的。他已完成博士学业，执教中学。那天他回学院图书馆借书，我在那里打工。图书馆是一个珍藏着瑰宝的地方，你读到无数伟大著作，遇见许多传奇人物。

《三地书》是一本书信集，是父亲殷福海在南京写给在海外漂流、读书、谋生的儿子殷志鹏的信。儿子在束发之年告别南京，踏上人生长途，完善自我并肩负起抚养父亲的大担子。

他们父子1948年分别，至1974年殷志鹏从纽约回南京探亲，得以团圆，一别二十六年。其中十三年经由英国朋友转手，彼此通信，另十三年杳如黄鹤。父亲在十三年中，给辗转在台湾、伦敦和纽约的儿子，共写了一百六十九封信。

《三地书》书名由此而来。

我读《三地书》时，写信人已在1976年清明去世，得年七十三岁。为纪念父亲，殷志鹏选出九十一封信，在父亲八十冥诞时，编撰成《三地书》。

原来以为这是父子双方的通信，其实全是父亲的信。

而父亲的九十一封信，有一个前无古人的特点：全是要钱，封封要钱。喊儿子寄钱！寄钱！寄钱！快寄钱来，让老父活命！直逼性命的呐喊，让我受到极大震撼，甚至胆寒。

初读《三地书》，笑得起不来，有谁见过这样向儿子要钱的？就是父亲，也有为父的尊严和慈爱啊。可是笑过，眼泪掉下来，很心酸。

在我四处奔走打工挣钱的日子里，《三地书》分担了我的忧愁，也给我平衡、力量、勇气。在我心绪难平，有时后悔到纽约的时候，至少我的心有一个角落是平静的，我父亲不要我寄钱给他。他给我信说：孩子，我帮不到你了，你全要自己奋斗。

殷福海是南京市的贫民，没有工作没有收入，从略有房产积攒，到陷入赤贫，有一个一言难尽的过程，所以他全部的希望都在儿子身上。

这是中国传统文化的精华，或者不是精华。养儿是为防老吗？

我把《三地书》寄回南京给父亲看。这是我从纽约寄回中国的唯一一本书。父亲看过来信，其中一句：没有想到生活如此艰难困苦啊！

六年后父亲病危，我赶回南京。见此书被父亲收藏在书桌抽屉里，我将它带回纽约，二十九年来一直在身边。

1948年腊月，南京飞雪。下关的江心，停一艘中型海轮——兴华号，运空军器材，载明故宫机场空军人员及眷属，等待起航撤退台湾。

那天殷福海牵着十五岁儿子的手，拎一个装满肥皂的大箱子，送他去赶船，去往做梦也不曾想到的地方——台湾。殷志鹏有个姨夫，空军中级军官，因此殷志鹏得以报名当上小兵，解决吃饭问题，亦可有个前途指望。

听说台湾紧缺肥皂，一箱肥皂就是让儿子带去卖钱图利，解燃眉之急，度不时之需。父子俩从大光路走到大中桥、健康路，到了淮清桥火车站。儿子迫不及待地爬上火车，奔向自己的人生，哪里懂父亲的肝肠寸断？

殷志鹏在《序》中写道："兴华轮在夜中起航，顺江而下，经过镇江时，隐约中听到岸上的枪声，到达上海，旭日正由海上升起。"

在兵临城下的南京城，在兵荒马乱的日子里，殷志鹏随败军撤离。

每读至此，常常心中描绘那日情景，在我生活了三十多年的南京，1948年的那一片晨景，有如虚幻，不知何说。

父子俩没有想到，这一走，便是天涯海角。

自此，漫长的牵挂漫长的通信漫长的期盼，开始。

1949年1月27日到同年4月12日，殷父写了十封信寄到台湾嘉义，内容无二，全关乎钱，不然老子要饿死。殷志鹏在嘉义，军饷是微薄的台币，除去生活必需，悉数寄回南京让父亲换成金圆券，在物价飞涨的时日撑持日子。殷福海身边还有两个幼子，跟他讨饭吃穷，饥一顿饱一顿。所以殷志鹏任重道远。

殷父寄到台湾的第一封信，描绘了南京城在易手之前的慌乱，这种出自贫民的直接描述，正史的编撰者难以比肩。

稍摘几句："南京物价波动，说出来真要吓一跳……汝可将肥皂卖了，连同薪饷合并寄来父用……"这就是殷志鹏这个少年去台湾后，收到的第一封家信。他带去的肥皂，自己一块没有用到，就脱手变现寄回南京给了父亲。

殷志鹏请我吃饭时告诉我，他家在夫子庙秦淮河边，问我知道不知道那个地方。那个地方？我当然知道。但是我的知道和殷先生的记忆，已经隔着三十八年。他1948年告别南京，我1986年告别南京，这是天翻地覆的三十八年。

殷福海是城市贫民，没有读过书，但有着很高的文学天赋，擅长古诗词，一手漂亮的仿宋体，专供刻板印刷之用，曾在金陵刻经处刻经，当时能写那种字体的人极少，放在今天也是了不得的。但他是生不逢时的人，在一个没有保险的传统社会中，这样的本领远禁不住风雨飘摇的社会，只能变卖祖产祖业残喘，直至彻底败落。

殷福海虽穷，却常对殷志鹏说："儿不嫌娘丑，狗不嫌主贫""穷无根，富无底""君子固穷，小人穷斯滥矣"。这样的话在儿子心中播下良种。所以殷志鹏"能从一个在南京街头捡过煤渣、在紫金山上拾过松针和在台湾军中当过小兵的穷孩子，经过长期奋斗和各种考验，而成为在美国有立足之地的教育界人士，饮水思源，首应归功于“父亲在我幼年时耳提面命，给我的启发与教导”。

儿子走后，殷福海带着两个小儿子，捧盘卖香烟，代写家书，抄抄文档，这种人从前叫录事，以卖字为生。家道中落后他无家可归，曾在大中桥的“中和园浴室”过夜，两个儿子实在没有东西给吃，担心跟在身边反要饿死，只好送到儿童福利院，结果幼子病故。这件事，老人在很久之后，才告诉殷志鹏。这是父子俩痛断肝肠的家事，不能多说。

父亲的书法只是一宗本领，他的文采亦妙，用极妙的文采写信要钱，别是一种况味，一种气势。他没有上过学堂也没有读过私塾，古文修养却深厚。

他的信这样写：

书云：“父母之恩，高于五岳，深于湖海，毕生难报。”微禽尚知反哺，何况人乎？

望我儿看到此信之后，即寄钱来，父好润润枯肠，养好身体。

蒙儿慷慨，又寄来十英镑，正如大旱又逢甘雨，婴儿得乳能生。

当然对儿子的辛苦钱，他也是十分珍惜：“父幼时也曾读过朱伯庐治家格言，曰：‘一粥一饭，当思来之不易；半丝半缕，恒念物力维艰。'儿在外省之又省,有此一片天真纯孝,寄一点钱来,父岂能乱花?良心上也说不过去!"

虽也顾念儿子的难处险处,但当得知儿子已在纽约得到博士学位,找到稳定工作,殷福海对生活又有了新的期盼,信说:"日常生活,非肉不饱,非帛不暖",向儿子要多一点钱,能吃到猪肉,猪肝,鸭子和鸡蛋。还写"希望你寄钱来,父想买一条羊毛围巾,以御寒流袭击,接信速作答复,以安父心"。

至以后,则更有大希冀:"斯时也,葭苍露白,是渔舟晚唱之时;风急天高,正雁字画空之候,正是:一年好景儿须记,最是橙黄橘绿时。气候不冷不热,昼夜相平。信首之四六句,为过去名流饶汉祥所写,此人后来息影林下,临水结舍,畏人知名,修养晚年。父亦想效学此公,不知可有此薄福?异日望儿大力支持玉成。"

这短信写于1963年10月9号,那年殷志鹏在英国求学。当时英国承认中华人民共和国,与台湾当局断交,来自台湾的留学生在伦敦的处境是格外艰难的,所以后来有了机会他便转道纽约留学。信中有两点电击我,一是殷福海的文辞清越,古文造诣深厚,一派民国文人才华,读来像是书香世家之人;二则是他提出的希望那么高大庄严,不惮对苦读苦做的儿子直言相告——在湖边盖所房子。

从果腹保暖,到吃有荤腥穿有棉帛,最后到临水结舍,在在都是重压。可能在一个老式家庭中,从前来说这也正当。但平心而论,我担当不起这泰山般的期望。

虽然也许只是说说,写写,但说出来写出来,就不得了。谁对自己父亲的信过目即忘, 充耳不闻? 况且写得字字杜鹃滴血,句句理直气壮。

后来殷志鹏来纽约求学,殷福海寄信,对儿子寄钱数额的减少,有些微词:"头一年很好,能寄来四十英镑;第二年只寄来十七英镑",他希望儿子能够至少齐于四十英镑,如果不能超过的话。

1965年殷志鹏初到纽约,没有多少奖学金,要去洗衣笼打工,过着披星戴月的求学生涯,一个父亲怎么对儿子没有顾惜之心?

我对这位父亲的理解也许有失偏颇, 对殷志鹏先生的敬佩却是无边无涯。

儿子懂得饥饿的痛苦, 所以竭尽全力让父亲和弟弟能够吃饱。二十世纪五十年代初, 殷福海在金陵刻经处还有份事做,收入微薄归微薄,如没有通货膨胀,至少有口饭吃。后来说刻经处是封建机构,人员全部遣散,遣散费分文没有,殷父生活立刻陷入困顿。他那样的人,过了干活的年纪,连居委会糊火柴盒的活儿, 都不会要他, 最低八元的生活补助也轮不到他,所以他的全部希望都在儿子身上。没有儿子,死路一条。

殷福海只有向儿子呼喊。这种呼唤,不忍猝听。但殷福海就是凭着声嘶力竭对一个人的呼喊,才没有在饥馑中毁灭。若是没有殷志鹏这个远在海外的儿子给他寄外汇，若殷志鹏不是个纯孝的儿子,多少殷福海都饿死了!

中国经历过灾难性的大饥饿。最困难的年代,举国饥饿,从南瓜叶吃到山芋藤;从知了吃到蝉蛹;从树皮吃到观音土。这些难以置信的事,后来在插队时又从农民那里得到确认,听了胆寒。

饥饿是人类最可怕的灾难之一,不够吃,或者没有吃,三顿并作一顿吃,躺在床上节省热量和体能,都是常事。“瓜菜代”更是普遍。

所以比起来,殷福海还是有福的。他靠着儿子从微薄的助学金中扣下的钱,活下来,且有存钱买一口棺材。而殷志鹏按期寄给父亲的外汇,也为国家做了贡献。就这样,殷福海还盼到与儿子一家团聚见面,那是1974年的时候。殷志鹏的太太是台胞,凭台胞证取道巴基斯坦回祖国大陆。他们去了中山陵,留有合影。殷志鹏的太太廖慈节也是拿了博士学位,有三个孩子,两女一男,我跟他们吃饭的时候,三个孩子都去了。他们说,那时在南京,人们看从美国回去的人,好像看珍稀动物,殷福海家门前水泄不通,给老人挣足了面子。

两年后,殷福海老人去世。走前得见儿子一家,心满意足。

我对殷先生的敬意源于他无条件的孝心。《三地书》中没有殷志鹏的回信，但从父亲的信中可以推测出，儿子后来寄钱没有，寄了多少，间隔多久。有时三四个月没有信，父亲就一再去信，一封接一封，催他寄钱，快点寄来，不论多少只要寄来。而父亲的信中一点看不到儿子的埋怨，儿媳妇廖慈节也没有因为有这样一位声声讨钱的公公，而跟丈夫争吵、出走、离婚，实在贤惠，通情达理。设想这种事发生在我身上，恐怕要疯掉。异国他乡的生活原本已经很大压力，学业的生活的环境的，特别是精神的心理的感情的，无一不是挑战。还每隔一段日子就有信来要钱，封封生死交关，这是怎样的压力和重任啊？

父亲对儿子除了要钱，有没有想过儿子的困难？足见生活艰难。两边都难，怎么都难，不到万不得已哪个父亲会如此催逼亲子？难道父亲竟不知应当留一点点对骨肉的关爱和顾念？即便是家人，爱也是双方的啊。

这样想，也许殷志鹏先生不以为意，他是个受中国传统文化教育长大的儿子，晓得“发肤之身，受之父母”。微禽尚知反哺，何况志鹏是“鹏”？

读到后来，五雷轰顶一句话，是殷福海决绝写出的：

你要知道咱们只有今生父子，来生不会再是父子。父也长寿未死，今日才能享受你的润泽。

这话从一个父亲的嘴里说出，真如闪电在天，霹雳走地。

不信来生,唯有今世。子不养父,天地不容。

他的决绝凭的什么?就是殷志鹏的纯孝。对此没有自信,就是天王老子也不敢开口。

《三地书》不会有很多读者。多年来我读过很多文学作品和私人回忆录,深信这书太值得一读。

现在到美国来留学的学生,再不用打苦工挣钱抚养父母,反而是父母从国内寄来大笔钱,吃好穿好住好用名牌,没有忧愁。中国人站起来了,钱上面肯定是站起来了。中国人不穷了,在异国他乡什么都不怕。殷福海那样饥饿的父亲再也见不到了,但也再难看到殷志鹏那样的留学生了。他在纽约中国留学生谱系中,留下光辉的身影。

他说,我们南京人最顽强,什么苦都不怕。说着孩子般笑起来,从他的笑容中,你无法推想他曾经经历的不易,他在英国和美国,也有过饥饿,这点我深有所知。回想过去,他没有一句怨言,我永远记得他开朗的笑容。

殷志鹏先生是我纽约艰辛生活中的第一缕阳光,是说人和人之间素昧平生也有深切的仁善。他报答父亲养他十五年的恩,勉力把他供养到寿终正寝。这样的人,可以相信他对社会对他人,同样义薄云天。

再读《三地书》,想起初到纽约的时光,临窗望远,豁然明白人世上什么天大地大,什么河深海深。

一笔两个荣字

长岛，隶属美国纽约州。她从纽约港往东伸入北大西洋,地带狭长,两岸临海。白天看像被西风吹起的一条长纱巾,荡在洋面;飞机夜里降落时往下看,似浮在洋面上的一手碎钻石。

岛上东端的蒙塔克灯塔建于1796年，曾是欧洲寻梦者移民美洲的指路明灯。他们乘船横穿大西洋从东而来,当看见这座灯塔,美洲大陆就在望了,踏上这片土地,开始梦想之旅。

荣老先生是民族工商业家荣毅仁大家族移居海外的族人之一,住在长岛地价最贵的地方,无敌海景。我不认识荣老先生,Q认识。Q是美容院的推拿师,手艺娴熟为人热情,找她推拿的客人特别多。荣老先生经人介绍,成了她的客人,渐成忘年朋友。

文章分两部分写。

第一部分,关于荣老先生,Q讲述。

第二部分,关于荣老师,作者讲述。

第一部分——Q

“我这手艺啊，在东北学的，学着玩儿的，没想到在纽约就靠它挣钱。我给很多人推拿，什么人都有，哎谢舒，你肩膀这里有点紧，我要用点劲儿给你推松，会有一点疼。

“多数客人呢是到这里来推拿，也有客人派车接我上门，给一家子推拿。说我认识半个法拉盛，还真有点儿。当然都是普通人，打工挣钱过日子。可不是吗，芸芸众生。也有不一般的客人，不认识你不知道，知道了吓一跳。纽约这种人蛮多的，都低调。

“说一个老先生的故事你听？放松啊，对，就这样。

“老先生啊一看就有来头，不是那种空手到美国挣钱还债养家糊口的人，跟我们不一样。那时他七十好几了，穿戴整整齐齐，衣服剪裁那个讲究，他拄手杖，雪白的头发绅士风度，老了还好看。

“老头儿给小费特豪爽，店里人跟他都处得好，他来了跟哪个都打招呼，没架子，推拿后他要理个发，都是赛琳给他理，也特别用心。对了，老先生是无锡人，你们江苏的城市对不？啊是吗？你生在无锡啊？这么巧！那你说话跟老先生不大像哎。南京离无锡不远吧？

“后来熟了，老头儿请我们到他家里去玩。他说在长岛，对啊，很多有钱人住在那里，靠海边一栋一栋的大房子。他的房子从外面看，就把我吓了一跳，豪宅那个气派！进去还没怎么看，就被镇了。太讲究，讲究得不得了，到处都是古董。古董你是懂的吧，我可不懂，但我一看就知道是好东西，凭什么？凭呀，我也说不上来，你要是见到老先生这个人，你也会信。真有钱假有钱，蒙得住谁啊？

“他的东西基本西洋，可贵气啦！墙上挂油画和壁毯，连梵·高的画也有。你不相信？我开始也不相信，后来不信也信了。从房子外面看里面，什么都看不见，反光玻璃，双层的，从里面往外看呢，一只鸟飞过都看得清翅膀上的羽毛，真的。

“老头儿活得可讲究，喝咖啡和茶的杯子，一套一套的全是银器，闪闪发亮，特精巧，贵族气派。知道吗，他太太从前是跳芭蕾舞的，美国女人，很瘦，去世好多年了，老头儿房间到处挂着她生前照片，都是跳舞姿势，可漂亮可优雅！老头儿后来没再找。两个儿子都成家了，律师、医生，最赚钱的行当。他们要把老头儿接过去住，老头儿不愿意，一个人住那么大房子！两儿子就替老爷子把那地方设计打造得像个小电影院，特别是卧室，里面那个电视、DVD机和音响设备，都是顶级的！老头儿每天晚上倒一杯洋酒，坐在宽大的沙发里，把太太跳芭蕾的光碟放出来看，想她。他家的架子上，还放着几十双他太太从前跳芭蕾时穿的鞋，一双一双的啥颜色都有。

“老头儿做生意啊，房地产，进出口贸易，工程装修，做什么成什么，生来成功赚钱。

“哦真是，忘了说，他姓荣，是荣毅仁家的亲戚，荣毅仁你肯定知道？当然无锡人啦。红色资本家，大名鼎鼎。是真的！你不信？老先生家的客厅墙上，挂一张好长的全家福大照片，发黄了都。上面坐好几排人，男人全是长袍马褂瓜皮帽，女人全是对襟盘扣的绸缎小袄，手上戴镯子，耳朵上吊耳环，盘发髻，电影里的人似的。老先生说他也在上面，指给我们看的，那时他还是一个小小孩，一丁点儿，不说简直看不到，在照片的右下角，戴个瓜皮帽。

“荣毅仁是他什么人？我也不清楚，他说给我们听的，我也听不明白，明白了也记不住，反正他说他是荣家人，有名有姓的一大家子。反正荣家人在海外的很多，做什么的都有，都发财，发大财，他们姓荣的命中注定是巨富吧？”

第二部分——作者

据记，荣家第一代创业者荣宗敬、荣德生兄弟，早年开办实业，是当时公认的面粉大王、棉纱大王，也涉足其他行业，著名的民族企业先驱，列无锡四大家族之首，创下丰厚基业。如今，荣家人开枝散叶遍布世界。荣宗敬的后裔主要分布于美国、巴西。荣德生的后裔主要分布于美国、中国香港，其中只荣毅仁留在中国大陆，任第六、第七届全国人民代表大会常务委员会副委员长，后出任中华人民共和国原副主席，2005年去世，享年八十九岁。

在南京宁海中学读初中时，我的班主任也姓荣，也是无锡人。荣老师教英语，说话有无锡口音。我生在无锡，两三岁时随父母到南京，自小爱听锡剧，对无锡口音熟悉。

荣老师身高一米七六上下，眉目清晰，五官分明，那时至多二十四五岁。他性格活泼喜欢玩闹，爱打排球，爱唱歌爱朗诵。班上有文艺活动，学生都要听他朗诵，他只朗诵革命烈士诗抄中的："任脚下响着沉重的脚镣，任你把皮鞭举得高高……"荣老师用无锡普通话朗诵，加很多动作手势，脸上表情夸张真诚，声情并茂，把我们笑得前俯后仰。学生都喜欢他，特别是女生，有时下课了还围着他问问题。胆大的女生跟荣老师讨论各种问题，包括谁谁谁长得好看，为什么。

课间操时，常可见荣老师和学生站在横贯校园的金川河边，谈笑风生。河边柳树依依，水上絮叶沉浮，断枝横陈。

荣老师总穿中山装，衣扣一路到喉结，衣服的蓝色微微发白，或许是穿旧了，或许是沾有粉笔灰？手上常拿半截粉笔，手指也总是粉白。逢到英语课，上课铃一响，荣老师站在门口，不苟言笑，一边腋下夹讲义夹，另一边手拿粉笔盒，铃声响毕走进课堂。

他走到讲台前，低头放下讲义夹和粉笔，抬头看看我们，开始讲课。他怎么用中英文讲解生词，怎么领我们读课文，怎么布置作业，我都不记得了，只记得他转过身去，抬起右手在黑板上写英文单词，黑板被粉笔摩擦发出吱吱的响声，粉笔灰一路落下。身姿十分好看。

初三时，我常想，高中后荣老师会不会还当我们班主任？

还没有升高中，大风暴来了。同学间一夜翻脸，老师一夜失去尊严。外面的世界失序变质，少年人无知而失控，跟着时代的污流走，霸凌同学，霸凌老师，痛快。不上课、革同校师生的命，铜头皮带随手挥舞染上血迹，稚嫩的声带上，爆发对同座的厉声斥责，也痛快。

在最容易学坏使坏的岁数上，遇到动乱的诱惑变坏，是未成年人的不幸，更是成年人的耻辱。

谁都不会忘记在动荡的年代中，自己曾是哪类成分，红？粉红？黄还是黑？因父亲原因，我一夕之间变成最黑。班上成分不好的，每天一早到校，先站在教室中间唱辱骂自己的歌，然后被批斗，然后坐在一起写材料交代罪行。

荣老师也被划为黑一类，跟我们一同被斗。

十五六岁的孩子在忍受欺辱时，也许不那么彻骨哀痛，因为年幼无知，不懂人格被损的残暴程度，也不会分辨善恶之间的界。

荣老师是成年人，对尊严和人格已有清醒意识，被罚跟他的学生们站在一起当众唱“老子反动我混蛋”，是什么感受？

那个夏天，我的女孩子的娇嫩感觉被撕裂。花季年龄种种感官的触须脆弱敏感，易受伤易哭，身体中正在发育的每一部分，如暴露在众人眼中展览。这种感觉能体会吗？所有被同龄人唾骂鄙睨的我的中学同学，性格中一定隐藏着永难康复的创伤。

荣老师更是的吧，但我永远对此不得而知。

荣老师被斗，是查出他跟大资本家荣毅仁有亲戚关系。凭什么这么说？怎么查出来的？从没有人明说过。罪名是强加上去的。斗争会上有没有责令荣老师交代跟荣家的关系？他怎么交代的？我都没有记忆。在后来的很多年中，偶遇班上同学，也从无人提起这事。人们往往回避最难愈合的伤口。

当时的教育中，资本家都梳头油，搽雪花膏，西装笔挺，抽雪茄喝好酒戴名牌表，牛奶蛋糕当早饭。荣老师只穿蓝色中山装，布底鞋，吃大食堂。

倘若荣老师真跟荣毅仁家沾亲带故，那就有罪了，他隐瞒了这个身世，他是“异己分子”。谁是谁的异己分子？在那个燠热的夏天，“荣”这个姓氏，像巴士底狱犯人头上戴着的铁面具，沉重窒息。

最仰慕荣老师的女生，对他最凶最不留情面。荣老师似乎麻木，每要他坦白罪行，他就机械地抬起头，直陈成分不好，有资产阶级思想，然后一片高喊：低下头去！荣老师的头就低下去了。

我仰慕荣老师。他跟我们同台被辱，我的悲哀是双倍的。大人总是替孩子抵挡子弹，一旦他们倒下，后面弱小的身躯便赤裸裸暴露在子弹前了。整个夏天，我没有看过荣老师一眼，每天坐在一起也不说一句话。各自舔舐各自的伤口，各自在各自的生命流程中，忧虑着不知何去何从的明天。

如果重回那个夏天，如果我有资格革命，会不会对老师下重手？对同学下重手？ 不会。我知道我不会。在后来人生的种种变迁中，遇到深陷苦境的人，我都不落井下石。而我知道我不会的最根本的理由，是在那个夏天，班上仍有女孩子走过我身边时，迅速投给我同情的目光，甚至偷偷对我笑一下。一个那样的目光，那样的微笑，让我感到世上仍有东西值得留恋。有了她们的善良为人性之可信做底，我才敢说我不会对老师和同学落井下石。

多希望荣老师也曾看到那样同情的目光，温暖的笑容。那种目光和微笑，是对照是镜子，是说世上有天生的善良，不随世事更迭而消长。

忽然出了大事。

我们每天战战兢兢地坐在拼起来的两张课桌上写交代。一天，不知谁捡到一张纸，斜斜写着：为有牺牲多壮志，难教日月换新天。

这是毛泽东诗词中的两句,“敢叫日月换新天”写成了“难教日月换新天”。不用排查,那字迹是荣老师的。荣老师怎么会在那种时候犯这种可怕的错误?写了还扔在桌上?当然是不小心写错,失手是正常的。可谁信荣老师是出于无意?

荣老师因此受到更加严重的责罚。怎么责罚,我还是不记得,很多类似的往事细节,我选择不记得。因为痛苦。

受“荣”姓连累,荣老师吃了很多苦。

我至今都不清楚他真是荣家的族亲,还是不是荣家的族亲?如果他跟荣家有关系,他没有得享任何好处,他教书,生活简单清贫。“文革”事起,因他姓荣,祖籍无锡,给他带来灾难。时至今日,唯一可以推测荣老师与荣家有关联的,就是他的姓,及他本人承认成分不好。

他若真是荣家人,从前不以此炫耀,是他做人的气派。

他若不是荣家人,挨整被斗一句不辩,也是他做人的气派。

很多年很多年过去,又是一年夏天,我自纽约回南京探亲,一天路过宁海中学,想起荣老师,在校门口站了好久,犹豫。最后决定进去,我要看一看荣老师。自下乡插队,再没踏进宁海的大门,那次进去是第一次,也是唯一一次。宁海校园里的一切,恍如前世转身。

门房问我找谁。我说找教英语的荣老师。门房说,荣老师啊，你找他干什么？我说我从前是他学生，来看他。门房狐疑地打量我，说是从前的学生啊，进去吧，那栋楼上。

适逢课间休息。我找到一间教员办公室，有位女老师在整理讲义，问我找谁。她说，荣老师马上会来，旁边是他的办公室。我退到外面长廊上等，不一会儿，一个腰背弯了的男人，朝我走来。一切不复从前，只有身影依稀往日。他的头发白了，脸色枯焦，没有从前高了。

我迎上去，他忽然停住略略朝后退半步。

我说：荣老师，你好！

他似乎不高兴这时有人找他，说：我下面还有一堂课，请你以后来。那时正值夏天，大概时常有些家长去问孩子的考试成绩。

我说，荣老师，我从前是你的学生，你教过我英语，很久以前！

荣老师惊讶地看我，没有作声。

我说，我从外地回来探亲，特意来看你，我是谢舒。

荣老师略略回想，说：你是谢舒？ 你是谢舒？

我说，是的，我是。

荣老师说，真是谢舒？

我说，你不记得我了？

稍稍停顿，他看着我说：记得，这个名字我记得，看不出，看不出，真的看不出了！你从哪里来？

我告诉他,我不在南京了,是从纽约回来探亲的。

他表情淡淡的:噢,你不在南京了?你是谢舒? 真想不到!

往事太远,多少当年的事被后来的事覆盖掩藏。也许是我变化太大,已难认出。那个炎热难挨的夏天,我是留着童花头的女孩子,眼前却已年华不再。荣老师说记得我的名字,是他厚道,不想我失望。

来不及与荣老师细说,荣老师也来不及进办公室喝一口水,上课的铃声就响了,他又要去给学生上课。荣老师对我点点头,算是见过了,算是再见。他转身沿着长廊走去。我肃立目送他的背影。荣老师的这个背影,还有他年轻时在黑板上写英文字母的那个背影,是他留给我的沉痛记忆。

读书时,那栋楼的原址是教务办公楼,楼前一棵高大松树。每天进出校门都经过。曾经,这个校门记载了我的青青年岁和青涩模样。也是这个校门,曾是我和很多同学跨进去就心中发怵。多少次想忘记,想记起,终不能完整。

走出校门,转身打量这所多年来冰封我记忆的中学,心底咯咯有声。今天见到荣老师,冰封的记忆随风而融,但,这是听不见春水潺潺流的冰融。

那年荣老师该到退休年龄了。那么憔悴啊。

荣毅仁到老什么风度?荣智健到老什么神采?

荣老师白白姓荣。

不幸的消息不久传来。荣老师夫妻穷尽毕生积蓄买了新房，荣老师事事自己跑，样样自己买。那天他骑着电动车，在载物回家的路上，被汽车撞到，当场身亡。

荣家家族兴旺，四海定居，枝叶繁茂大树成林。荣老先生是哪一支？我的英语老师是哪一支？

查荣家资料，见荣家第一代创业巨擘荣宗敬和荣德生照片。

荣德生有一张黑白照片，脸型方正，五官分明，眼眉间的英气让我想到荣老师，也是那样的脸型，那样的五官，只脸型略长略瘦。但我无法确定他的确与荣家有血缘关系。

这都不重要了，在我的记忆里，荣老师就是荣家的族人，他在那个最没有尊严的夏天有过的屈辱，皆因他姓荣，是无锡人。我愿意这样记他，愿意这样写他。我必须这样记他，必须这样写他。

他就是我的中学英语老师，荣仁正先生。

分隔几十年，见到了荣老师，什么都未说及，他走了。

若念骨肉之情、师生之情、战友之情、恋人之情；若念一饭之恩、滴水之恩、知遇之恩、救命之恩，要当机立断去找，去给，去还愿，去报答。

光阴匆促，刻不容缓。

一个面

纽约的外送中餐馆菜单上有一道汤面:Yat Gaw Mien,用粤语发音,听起来像“鸭高面”。汤面的做法很简单,面上盖一层杂菜加鸡片或肉片,杂菜是胡萝卜片、白菜帮和雪豆,汤是白汤,只放盐。

我曾在纽约中餐馆打工,不喜这清汤寡水的面,但是点鸭高面的美国吃客却不少,可能因为这是最早从域外引进美国的中国汤面,被美国人认为是正宗中国汤面。后来得知,Yat Gaw Mien在广东话中叫“虾伊面”,或“伊面”。2010年圣诞前夕,从《世界日报》一个寻人启事上,得知还有另一个译法:一个面。

这个中餐馆再普通不过的“一个面”,竟和孙中山先生有着关系。

寻人启事登在《世界日报》C3版面的纽约社区新闻一栏,占右下角一方版面,大标题是加黑粗体《超级寻人找黄二嫂后代》,附小标题:孙中山当年来埠吃面免费。

华文报纸在美国寻人，超级寻人，寻一个叫黄二嫂的女人。黄二嫂,这是旧时家庭主妇名字的叫法,我奶奶外婆那辈人多用。这个说大不大、说小不小的新闻看似不会有惊人之处,仔细读下去忽然惊心动魄。

文章说这个黄二嫂,是民国革命的滋养人、恩人。1896年孙中山先生走避清廷抓捕,来到纽约住在唐人街,其间天天早晨到黄二嫂经营的面店吃面,吃饱了出去宣扬革命,矢志推翻清廷。店主黄二嫂不收孙中山的面钱。

小小一篇寻人启事承载着巨大的历史和巨大的人物。启事中提到:

…… ……

有老华侨指出,黄二嫂曾在华埠宰也街(Doyer St .)9号开面馆,面馆的名字没有人知道。后来由鹤山公所的会员接手,开了一家“双英斋”面食店,曾经是华埠很有名的面食加工厂。后来“双英斋”搬走,有人说曾搬至披露街12号,最后搬至市政厅(City Hall)的瑞德街(Reade St.)。大约十年前“双英斋”结业关门。

…… ……

当时孙中山被清廷通缉，凡是明哲保身的人都不敢和孙中山来往，但黄二嫂对孙中山竭诚招待，免费让他吃面，黄二嫂让孙中山多吃一点，他总是说“一碗已够，不能多吃”。黄二嫂后来于1909年11月加入纽约同盟会，是当时十七名会员中唯一的女性，人称“黄蔡氏”。黄二嫂的面店1904年出让后六十多年，至1970年左右该面行仍沿用Yat Gaw Mien（一个面）的英文名称。

启事表示，黄二嫂滋养革命的年代离现在太久远了，很多知情人士都已相继去世，希望老华侨能够互相传递消息，查询是否有人仍与“双英斋”的业主有联系或知道他们的消息，并留下联系方式。

这篇启事我看了很多遍，心潮难平，于是遐想这段与我完全陌生的旧事，并且上网搜索有关黄二嫂的一切。从12月23号这则消息来看，超级寻人的提出有些日子了。而根据网上的讯息，月初就由台湾“民意代表”周守训提出动议，立即得到与会全体人员的热烈响应。讯息还提到一个细节，孙中山先生去黄二嫂面店吃面，黄二嫂总是给他的面条里加上馄饨，所以新闻报道用了这样的句子：“免费在国父面中加馄饨。”

这个鲜为人知的陈年往事，早被时光的烟尘淹没，可是读来却仍旧能闻到“一个面”加馄饨的鲜味，也能想见孙中山先生用筷子夹面条吃的样子。

翔实的历史资料记载，孙中山先后一共到过纽约四次。

1896年9月，他第一次到纽约，住在勿街1号的赖神书馆，这是一栋三角形的建筑，狭长的小楼空间有限床位不够，孙中山只能打地铺席地而睡。在这样艰难的环境中，孙中山在纽约到处奔走，宣扬革命。彼露街21号浸信会，是孙中山经常停留的地方，后来在勿街7号至9号的中餐馆“旅顺楼”成立了纽约兴中会。

孙中山第二次来纽约是1904年，他和两个留学生一道以美国《独立宣言》为蓝本，撰写了一篇向欧美各国阐述革命党斗争的起因、宗旨和外交政策的文章。当年10月，在纽约发表的英文版《中国问题的真解决》，正式向国际社会公开了革命党的政治纲领，痛批清政府两百六十余年的罪恶，呼吁中国到了非革命没有出路的十字路口。此次停留期间，孙中山多次造访纽约洪门致公所，宣传革命并且募款。这个情景，在电视连续剧《走向共和》中有生动演绎。我在纽约多年，去过很多次唐人街，却并不知道孙中山在纽约唐人街募款。一百年来尤其近二十年，华人在唐人街为中国各种事务无私募捐的事情数不胜数，数目庞大，场面感人。

第三次也就是1909年11月，孙中山先生在纽约逗留了将近两个月，当年圣诞节，他在勿街49号的“溪记号”二楼成立了同盟会纽约分会，也就是今天的联成公所所在地。纽约的华人对这个公所十分熟悉，遇到难以解决的困难和问题，无论大小都会求助于它，仿佛是海外的一个故乡。

孙中山第四次到纽约，则是在武昌起义爆发前，那是他最后一次造访纽约。联成公所的黄玉振老先生，至今保留着当年公所事务记录的复印件。其中一份1911年3月29日的文件，上面记载："是晚，孙文先生到公所开谈话会……必要扫除专制积弊，光复汉族，使我中国世界共和，人人得享自由幸福。"

半年后，辛亥革命爆发。

从1896年到1911年，中国正经历走向共和的时代。

黄二嫂开面店、出让面店、加入同盟会，正身处这个变革动荡的大背景，那些年纽约的唐人街就是推翻清廷的海外革命基地，充满令人激动的气氛。虽然历史记录十分有限，但是线索和脉络十分清楚。黄二嫂的面店于1904年盘给了别人，新店主为其取名为"Yat Gaw Mien（一个面）"，这个店名用了六十多年，1970年关张，其后被鹤山会所接手。"一个面"遂改名为"双英斋"面食加工厂，一做三十年到2000年结业关张。

黄二嫂在卖掉生意之后五年的1909年，加入纽约同盟会的。那是孙中山第三次到纽约。根据记载，黄二嫂是同盟会十七位成员中唯一的女性，可以说是共和革命的先驱。1907年，以辛亥革命百年纪念日来说，那是一百零二年前的事情。要是从1896年孙中山先生在黄二嫂的面店吃馄饨面算起，就更长了，有一百一十五年。

一百一十五年，若照每二十二三年一代人算，差不多有五代人生死轮转。黄二嫂的第五代或者第六代传人，有没有在世的？有，在哪里？没有，为什么会没有？会不会后来离开纽约去了其他的州？或者整个家族离开了美国？回到中国大陆？迁去中国台湾？中国香港？一切都没有人知道，报上寻找也没有蛛丝马迹，好像整个家族烟消云散。

令人不得其解。

最令人不得其解的，还数黄二嫂，这个有情有义有肝有胆的女人。黄二嫂娘家姓蔡，嫁给黄姓男人，所以那时人称她黄蔡氏，连做姑娘时的名字都没有留下来。这样一个女人，无法推测她的身世门第。想来她不是来留学的世家小姐，不然不会开面店为生。在一百多年前的纽约唐人街开面店，那么是从什么地方、怎样到的纽约？随移民的父母从中国到的美国纽约？还是出生在美国纽约？

一个开面店的华裔女人，如此深明大义，不怕让清廷通缉的孙中山天天早上到自家店里吃面，吃面还不收钱，不收钱还加馄饨，后来自己竟也加入了纽约同盟会，参加革命。黄二嫂是如何理解辛亥革命的呢？在同盟会中她扮演了什么样的角色？担任什么职务？会不会由于参加了同盟会而献出了家庭？甚至失去了性命？

再有，面店是1904年卖掉的，在加入同盟会之前的五年里她做什么？以什么为生？会读大学吗？研究政治科学？真是迷雾重重的一段历史，令人肃然起敬，令人无从抽丝剥茧。这样一个有着戏剧性生命情节的女人,最后却了无踪迹可循。唯一的线索就是在“双英斋”。因为这个面食加工厂不过是十年前才关张,照理至少能够打听到当年在双英斋做事的老人,即便退休了也总有丝丝缕缕的传说,留在唐人街的大街小巷。可竟然一无遗迹,不然《世界日报》不会发超级寻人启事。

由于后来报纸上再没有跟进新的报道,我上网寻找相关消息,也是无果,想来没有寻到黄二嫂的后人,或许需要更长的时间?要坚持找,期望着总有一天黄二嫂的后人会被找到。

辛亥革命百年之后的寻找恩人,是吃水不忘挖井人,是滴水之恩涌泉相报。一百年前的一碗面条,就算是滋养了革命,列黄二嫂为革命的恩人,令人感怀万端,肃然起敬。

我的感怀还来自母亲的一段经历,说的也是老百姓养育革命。

1969年前后,江苏省级机关干部绝大部分下放劳动,分别去干校和苏北农村。母亲到的是镇江周边乡下的一个蚕种场。

有一天,女队的队长朝母亲喊道:邓洁!有人找你!

母亲诧异,这种时候怎么会有人找?

队部门口站着两个人。一个白头发的大娘,穿着简素,她身边站一个小伙子,腕上挎着篮子,盖着一块布。母亲走过去小心问:大娘,你是找我吗?

大娘答:我不知道是不是找的你,我找邓洁。

母亲说:我就是邓洁。

大娘问:你是不是那一年在我家躲过一些日子的邓洁?

大娘说的是1941年皖南事变那年。母亲当时是新四军军部医院的教导员,事变发生后,女兵和伤病员以及家属最早撤退离开军部,在撤退途中因时有战事,很多人走散了。母亲头上包一块粗布扮作农妇,一路行走竟就走到了镇江这一带乡下,被一个农妇收留藏起来多日,直到安全了母亲才重新出发去找新四军。当她出现在军部驻地时,他们都吃惊不已,以为母亲已经牺牲。

母亲激动,说:我就是那个邓洁啊,大娘你怎么晓得我在这里?

乡下的消息快,干校的人事没有不透风的。如何一传十十传百传到大娘那里,详细经过已无从说起。总之大娘知道这个蚕种场有个女干部叫邓洁,不知道犯了什么错下来劳动改造。老人家坐不住了,跟家人说,要去蚕种场看看,这个邓洁是不是二十多年前在她家藏身过的那个年轻女兵,那一年我母亲二十七岁,而大娘也还正在好岁数上。

大娘带着儿子,挎着篮子,篮子里放着鸡蛋和馒头,步行十几里路到蚕种场。她为什么会在那样的时候去看母亲?为什么不听劝阻非要去?全国的动乱难道她一无所知?镇江不是天高地远的荒僻之地,城里被整肃的人的命运她们都会知道。

母亲和这位老人久别重逢时都说了些什么,不记得母亲是怎么对我描述的了，只是提到大娘指着小伙子告诉母亲，这是我的儿子。

母亲推托着老人家送去的鸡蛋和馒头，说我不能收，收了也吃不到。老人家说：你不要怕，我家是贫农，我送的东西他们不能没收。

分别时母亲叮嘱老人家日后不要再去看她，会连累她的。

后来大娘又着儿子去看望过母亲一次，仍旧送去鸡蛋和馒头。

母亲离开干校回到南京，复又与父亲赴中央党校赴新任，多少年中凡提到“文革”，都会对我讲起这位老人家，言语中充满感动感慨。二十世纪从七十年代初到今天，四十多年过去。我的母亲已经去世，那位仁善的老人早已不在人世。

我奢望借这篇短文，替过世的母亲寻找镇江乡下的这位也过世的老人，告诉她几十年来母亲对她记忆犹新，念念不忘。这个想念，传给我，不敢忘。我知道再也找不到她了，正如黄二嫂在辛亥革命的浪潮中献身之后就隐匿在茫茫人海和历史烟霭中。

然而，黄二嫂这个名字经由《世界日报》的超级寻人启事在世上流传，并被奉为革命的滋养人。“黄二嫂”这个名字，普通，伟大。

《超级寻人》的消息读完让我感叹不已，思绪绵绵。先生听了我的叙述，说："一个面"应该叫"一哥面"。

孙中山先生是"中华民国"第一哥。

在这个第一哥身边身后，有无数海内海外的"黄二嫂"竭尽绵薄之力。

1941年不顾自家安危掩护新四军女兵的农妇，1969年拎着鸡蛋和馒头带着儿子去干校看望母亲的老大娘，是我们的"黄二嫂"，于共和国是恩人，于我家是恩人。这样的"黄二嫂"在中国大陆千千万万无以计数，她们是地，是天，是山，是海。

此愿未竟

2002年夏天我回南京看母亲。一个朋友突然从上海来到南京，电话紧急约见，请立刻过去。7月的南京是大火炉。

多年没有见到，没有久别的寒暄，笑问什么事情这么急？

开门见山说正事儿。朋友Z有个旅居澳洲的华人朋友萧先生，多年经商，经商有成，说了很多次，想做一件事：融资拍一部关于南京大屠杀的电影。萧先生与好莱坞著名导演奥利佛·斯通（Oliver Stone）的侄儿杰克曼交情好。杰克曼也在好莱坞闯荡，是见习导演助理，常随斯通走世界，谈拍电影直接受教。萧先生遇到他就说南京大屠杀，遇到他就说南京大屠杀。杰克曼渐渐就有了印象深刻，从零到有的印象。萧先生说钱挣到了就要做有意义的事情，就是要拍这个电影，把南京大屠杀告诉世界。他说不拍出南京大屠杀，死不瞑目。

杰克曼对这一构想很激动，答应有机会跟斯通提说这个题材，说服他。

于是我一场不远的远征开始了。

这件事情的经过，除了经历过的几个人，多年后我才跟一位画家朋友说起，他就是最初为南京大屠杀纪念馆的一面墙设计浮雕的旅美艺术家钱大经先生。他在电话中听说此事，有点激动，吃惊，说这样一段经历，为什么不说出来？一草一木的努力，都是努力。

Z希望我出面去跟市委有关领导说件事，能否由南京市委出面，与奥利佛·斯通合作，把电影拍出来。这是发生在南京的悲剧，南京义不容辞。

奥利佛·斯通以拍战争大片而驰名好莱坞，驰名世界。他镜头下的军人生活、军人命运、战争场面和气势，荡气回肠，多次获奥斯卡提名。

但斯通是很难请动的。他知道自己的分量，不会受制于他人的意志。杰克曼说他拍电影，都是自己选题材，选剧本，斟酌再三。所以，凭什么认为他可能答应南京政府和几个电影外行人的邀请，到南京拍电影？

斯通是犹太人，对大屠杀的题材有着特殊的敏感，但作为世界级的导演，对日本侵华和南京大屠杀这个题材，会慎之又慎。

南京大屠杀在我们是心底的创痛，永远不忘。但在西方世界并非完全如此。写史料巨作《南京大屠杀》的旅美女作家张纯如,因身受莫大压力而吞枪自尽。此书出版后,她受到很多恐吓和压力,史学争论也对她造成困扰。这段历史并非我们想象和以为的那样全球共知,达成一致。

如果奥利佛·斯通能够拍这样一部电影,影响会很大,至少这部电影的收看率可能会很高,连锁反应,蝴蝶效应。

我跟电影的一切都没有过关系,但我答应试试。找了市委的领导,立刻得到正面回应,表示此事应当做,可以做,要全力做,而且就是最好请第三方导演来拍,他们眼光角度客观,拍摄手法和技巧一流,有最好的制片和剪接技术,能逼真再现1937年12月13日那天的南京。而奥利佛·斯通,是不二人选。

Z急至南京找我,因为刚从杰克曼那里得知,奥利佛·斯通不日便到上海,为一部新片寻找景地。这样的内部消息来得十分及时,所以紧急。

市委派了两个对外交流部门的官员,去上海请见斯通。同时希望我一同前去,他们认为我去最为合适。此事我不能推,也不想推。但我认为这是极可能完不成的任务。市委领导说,不要你胜利完成任务,只要你尽力而为,你从美国回来,没有语言障碍,有诸多先决条件,跟斯通交流障碍少一些。

Z跟我谈过话即赶回上海会合萧先生,他从澳大利亚赶赴上海,在那里安排相关事务。

第三天我们乘大巴往上海去。一路上与Z不断通话，确认斯通什么时间到达上海，下榻哪家酒店，是不是愿意见我们，什么时候能够见。据杰克曼介绍，大导每到一地，总是先聚集朋友喝酒，喜欢灯红酒绿的夜生活。这与他拍战争大片时的状态完全不同。想见他的人，要有十二万分的耐心，恭候等待，等他尽酒兴。

当晚到达上海，走进入住酒店大堂，就看见Z和萧先生，他们已在那里坐了好几个小时了。杰克曼和斯通在一起，下榻豪华的“波特曼大酒店”。

萧先生微胖，面貌没有一点艺术气质，是个平常的生意人，也不是那种精明透辟的生意人，心底却有波澜壮阔的历史画面和匹夫之责。我们握手致意，他手很软，不像数钱的手，不像写剧本的手，根本不能想象他站在摄影机后面哪怕只是旁观。我见他站起来颇费劲，坐下来颇费劲，身体不是很好的样子。他坐下去后，Z走到他沙发前蹲下来，萧先生的鞋带松了，给他系好。

坐在大堂，我们心不在焉地说着有关和无关的闲话，耐心等杰克曼更新消息。不知道那是斯通第几次到上海？在哪里喝酒？欣赏沪上什么夜色？喝到几点罢休？也不知杰克曼有没有跟他提及这事？大导的反应是什么？他愿意不愿意见我们？见了我们我们怎么跟他说？酒店大窗外不时走过行人，悄无声息。时间滴漏般过去，上海城从暮色的虚无里，步入大漫夜，从大漫夜到午夜深沉，墙上的钟走得极慢。我们都倦了。南京方面跟我联系的秘书也不睡觉，时时电话进来。我为见不到奥利弗·斯通抱歉。他说不要抱歉，你正在努力，辛苦了，感谢你们。

过了一点半，杰克曼来电话，说今晚斯通不会见人了，要休息了。明天上午十点，在波特曼酒店大堂，请谢小姐来谈事。

没有听错吧？只见我一个人？为什么？对，只见你一个。为什么？我不认识他，主谈不是我。杰克曼说，这是奥利佛·斯通说的。

环顾同去的人和萧先生以及Z，我满脸不解和歉意。跟同去的官员说，抱歉，斯通说只见我一个人。他们说没有关系，见你一个也是朝前走了一步，明天我们在酒店外面等你。

这个结果，比我们想象的好得多，原本我们是做了见不到他的准备的。大家站起来道晚安，萧先生腰都直不起来，他已经二十个多小时没有闭眼了。Z用力扶了他一把，悄悄跟我说，萧先生身体很不好，有急迫感。

很久睡不着。紧张。我把第二天该说的话想了一遍又一遍，没有把握，如果斯通问我几个关于电影的专业问题，问我的职业跟电影有没有关系，我很可能马上答不上来。但已经不能退了，不退除了不能退，也因为肩上有点责任感。就算明天谈不成，我也是为纪念南京大屠杀，到了一趟上海，做了一件事情。

我两岁随父母从无锡到南京，光阴上讲，南京是我的半生。感情上讲，南京是我的一世。

豪华的波特曼大酒店冷气爽冽。忽然接到杰克曼最新消息，大导愿意见南京赶去的三个人。我们互相看看，都笑起来，萧先生最高兴。那是我到上海后的第一个笑容。然后，他和Z在外面等候消息。

几步进去，记忆醒来。

二十世纪三十年代，父亲母亲在上海地下党工作；六十年代末，我经常乘夜车去上海找朋友们玩；九十年代初，多次从纽约出差至上海谈投资项目，每次入住波特曼，那时浦东正在开发；二十一世纪始，再次来到上海，来到波特曼，来见好莱坞导演。

奥利佛·斯通照片上是霸气的一个人，见到他人倒很平常，他微笑着和我们一一握手，也看不出他喝酒直到凌晨。我们坐在簇拥着鲜花的长沙发上，杰克曼在玻璃大茶几上放着几盘带子，关于南京大屠杀的资料。他低头轻声跟斯通说话，一看就是一家人。

猝不及防，斯通问我的第一个问题：你从南京来？南京有没有酒吧？夜里是不是灯火通明？

我一愣，这个问题太意外，在所有准备的答案中，没有这一条。我在两种回答中摇摆。极短几秒钟，我这样回答：我们城南的夫子庙夜夜笙歌啊。他一听就笑起来，怎么夜夜笙歌？我说，你知道秦淮河吗？河上有画舫游船，河边楼台林立，都是前朝建筑，秦淮小吃配你的洋酒，Perfect match，绝配！斯通哈哈大笑，说那我一定要去南京。

话题一转，南京大屠杀。

他神色旋即严肃，专注地看着我的眼睛和嘴巴。我虽缺少电影专业术语，却能明确转达南京市委的诚挚邀请和我们的期待。我们，特别是我们南京人，想把这段历史告诉世界，希望导演有这样的心志，协助我们拍出一部电影。

斯通问我，你是南京人？我说是的，南京人，现在纽约定居。他说，你在纽约生活？你怎么会参与这件事？我如是一番说下来，他不断点头，不断从杰克曼那里寻求更准确的回答。杰克曼年轻的脸上充满期待，他想说服斯通，那样他将有机会参与一部会对世界产生影响的大片制作。

然而斯通是谨慎的，他告诉我，谢小姐，这段历史我听杰克曼提过，非常震撼人心，我理解你们的心情，但我在这方面所知不多，我需要很多很多资料，先弄清楚这段历史，整理我的思绪，看能不能写出好剧本，才能决定是不是拍，怎么拍。

我说你拍的《野战排》《生于七月四日》《天与地》三部越战题材的佳作，誉为“越战三部曲”，国内很多人都看过，很喜欢。他听了眼睛一亮，说我的电影在中国有人喜欢？我肯定地说，是的，我也特别喜欢，宏大的场面充满人性细节，反思那么深刻，震动人心，是硬汉的柔情，所以也许你能拍出全景式的南京大屠杀巨片，无论是纪录片还是故事片。

我忽然开闸，像跟好朋友一起谈论喜欢的电影一样，完全放开了。奥利佛·斯通神色端肃，我想他在准备拍摄越战片的时候，应当也是那种神情。跟他在灯红酒绿的酒吧里喝酒聊天，完全两个人。

那个夏天，儿子在上海学中文，他给我电话问我是不是跟奥利佛·斯通在一起，他非常崇拜这个导演，说他的同学知道了，说你妈妈场面真大。哪里是我场面大，是历史的场面大，南京的场面大，是我们所有参与这件事的人，齐心合力的场面大，我被一个偶然的机会推到那个时刻，使我有幸代表南京去说服世界一流的好莱坞导演。

该说的都说了，该表达的都表达了。资料由杰克曼收好，还要收集更多资料，斯通说他将全部带回洛杉矶，慢慢都要看。

我们合影留念，握手告别。斯通笑着对我说，Miss Xie，I am looking forward working with you（期待与你合作）。

这是客气话，也是心里话。这个我们相信。我期待有一天，他会认真考虑合作拍片，即便他不亲自来拍，但他也许会把这段经过讲给他的同行听，也许杰克曼会接过这一棒？任务没有完成，是意料中的。市委领导说，谢舒同志，你尽力了。

告别上海的时候，萧先生语重心长，说不要紧，我们再努力，杰克曼还很年轻，他等得起，我只要有机会就跟他提，奥利佛·斯通不拍，还有别的导演，再试试别人，这件事是我最后一个愿望，不实现不甘心。

没有想到，回到南京不久，杰克曼又跟Z和一行人，代表斯通到南京，与南京市委方面正式交谈这部影片。地点在中山陵国际饭店。去上海时我代表南京，回到南京时我跟杰克曼坐在一边。不过那都不重要，重要的是我参与了这个有意义的、但是无果的谈判，留下这段记忆。

这些年来，关于南京大屠杀的影片有过几部。有一部纪录片就叫《南京大屠杀》，不知道客观不客观，准确不准确，艺术上是不是禁得起检验。最近有张艺谋和严歌苓合作的《金陵十三钗》,那是好莱坞式的大制作,评价各异。不管怎样,南京大屠杀这段历史,正被越来越多的人知道。

十几年过去。

萧先生已不在人世，此愿未竟。2013年第一个国家公祭日,我想起萧先生无法弯腰系鞋带的模样。写出这篇文章。

2015年1月,Z在上海去世,此愿未竟。我想起他奔波于南京和上海的身影。修改这篇文章。

这篇文章,为纪念萧先生和Z。他们不在人世了,他们为纪念和铭记南京大屠杀所献的一份心,一份义,已竟。

烹调大师傅培梅

喜来登大饭店的舞厅，摆好十来张大圆桌，桌上杯盘碗盏摆设得很讲究，高脚酒杯里插着折叠白餐巾，是高级别宴会。每桌十人，每张名片上写着一个名字。我究竟是怎么吃到那次大师级厨师烧的菜，真不记得了，不知道是我自己买了票去的，还是人家请的。

不管怎么样，我们找到了最里面那张写着我俩名字的大圆桌。到得最早，坐下来喝茶，也没有人说话，由于身在那种气氛中，我俩也没有多少话说得起来。我就看一个一个走进大厅的客人。过了一阵，有两个人走到我们桌边，一男一女。男的就是一般的男人，不记得什么模样，什么人。但女人我一直到今天都忘不掉。

她穿着真讲究，浅色洋装，头发烫了，卷卷地垂在耳下，脸上略施粉黛，还戴着耳环，人轻轻一动就摇晃着。我看了她一眼，觉得眼前一亮，但是没有跟她打招呼，我不认识她。看看她找到的名片：傅培梅。傅培梅是什么人，我当时不知道，看着是个普通的女人名字，二十世纪三四十年代，中国很多女孩子都叫培梅的。

我们四个也是坐了一阵子无话，已经到了应该开始的时间，还没有开始。我就想，怎么这里人办事，跟我们一样，也是不守时的呢。

你好，我叫傅培梅。坐我旁边的女人喃声跟我打了个招呼。我赶紧把脸掉到她一边，跟她说：你好，我叫谢舒。我指指名片。她笑笑点头。当时我认为我跟她都个吃客而已，名字不名字的无所谓。

我们彼此说了一些话，都是简单介绍自己。她说她是教烹调的。我说我们是做蘑菇生意的。她听了，已经很亮的脸更加亮起来，兴趣盎然地问：什么蘑菇？噢，什么都有，新鲜的，种植的，野生的，都有？那很有意思的，你们除了销售，自己烧不烧呢？

先生就隔着我跟她说起来，什么样的菇最好怎么样做。傅培梅不时点头，不时笑笑，不时问一些跟烹调有关的问题，对这个话题相当投入。我还很少碰到对蘑菇真的那样感兴趣的人。

我一径跟她说下去，她问及所有在她知识范围内的问题，包括菇的名字，我说一遍，她重复一遍：白菇，香菇，平菇，金针菇，牛排菇，鸡油菌，羊肚菌，兰脚菇，猴头菇，黑喇叭菇，松茸，松露,等等。她的眼睛那样专注,目不转睛。我也说得好像自己就是个专家,把自己知道的一切都摆给她。

说话之间,来人渐渐进了宴会厅,进来的速度是很快的,说到了就都到了。然后,奇怪的事情就发生了。

先是一位官员模样的男人朝我们桌子走去,考究的西装,上了发蜡的头发偏分,亮闪闪一丝不苟,他走到我旁边的女人身边站定,满面笑容微微躬身:哦,傅老师,欢迎欢迎! 女人也站起来:夏处长你好!两人握手。男人客气至极地说:多谢傅老师来捧场,请您一定多提意见。说时,几个头戴雪白厨师帽的人也走到我们那一桌,满怀敬意地向傅培梅致意,客气站在一旁,都说请您来赏光,不胜荣幸,请多提意见。

报上关于这个大师厨师烹调大展的报道, 提到举办方的夏先生,因为他后来调走了,我没有记得住他的名字。所以当傅培梅叫他"夏处长"的时候,我才知道身边这个女人,原来很有来头。

之后瞬间就有很多人络绎不绝过来打招呼, 有人专门过来敬酒,有人要求跟她合影留念,非常兴奋,就像粉丝意外见到影视巨星。由于他们全都站着,我这个局外人为礼仪起见,也站了起来,看看就像我是傅培梅老师家的什么人,因为敬酒的人都顺便向我举举酒杯。敬酒的人中间也有我们认识的,一两个吧。我赶紧悄悄问:傅培梅是什么人? 这么大声响?

原来,傅培梅是台湾著名的美食家和烹调师,出过很多关于烹调的书,还在电视上讲如何烧菜,在台湾知道她的人很多,特别是家庭主妇,她做的菜讲究色香味俱全,即使在家里的厨房中,一样也能轻松做出来。在电视上开讲烹调艺术,傅老师应当是开先河的人。

后来,袅袅走过来一个美妇人,身边跟一个高个子男人,美妇人也高,因此格外扎眼,她穿着很中国风的衣服,颜色鲜艳式样华贵,裙边直拖到脚背,筷子那么细长的高跟鞋根稳如泰山支撑着她颀长的身材,大厅那么多人中,一看就看到她。这个女人,我认出来了,是台湾过去的影视明星夏台凤,常常出场主持节目,后来与丈夫定居上海了。夏台凤对傅培梅十分尊敬,款款笑着说:傅老师,能见到你真荣幸!傅培梅站起来跟她碰杯。一时桌上人也都站起来,因为夏台凤和傅培梅都是台湾大名人。

打招呼的打过了,敬酒的敬过了,开始品尝大师级菜肴。傅培梅跟我就有了很多的话,从菜名取“龙凤呈祥”“三潭印月”之类的说起,她说为什么要取这种看不出名堂的名字呢?也引不起人的食欲,就用菜名多好,该是什么是什么,可是现在都是这样,取的名字太花哨,菜单上根本看不出自己想吃什么,问人又麻烦。她说事后她会跟“夏处长”讲讲她的看法,希望以后有改进。

席间，不时有人过去弯腰问她，怎么样傅老师，还好吃吗？傅培梅总说好，很好吃，不错的，等散席之后会留下来跟“夏处长”谈谈。

看得出，那些过去问话的人，非常介意傅老师品尝得怎样。那时我却感到有些奇怪了，傅培梅那么个名人，怎么会安排在我们这一桌？我们这一桌不是主桌。这样的事情，要是在有些宴会上发生，是要拂袖而去的。

傅培梅老师让我见识到心胸。

意外地，傅培梅老师告诉我，她得了胃癌，已经切除了大部分的胃，不过情况稳定，就是每日要少吃多餐。我对她坦白告诉一个陌生人她的病情相当感动，因为这是很隐私的，可她居然与我一面之交，就当我朋友。于是我的话就多了，从我们如何来到纽约，读的什么专业，后来又怎么经营了蘑菇生意，都讲给她听。傅老师说她目前在夏威夷的女儿那里养病，很可能以后会到纽约，应电视台之请做烹调讲座，到时她倒是想讲讲如何用菇入菜，如果她来纽约做节目，就用我们公司供应的菇。她过去也常用菇的，但是黑喇叭菇倒没有见过，也还不知道怎么烧才好吃。我答应她，等她回到夏威夷，给她寄一些过去，她没事在家时，可以研究一下怎么烧为好，西洋人烧菇跟中国是不一样的。然后说及台湾的小吃，我们也没有去过，但一直向往。傅老师建议我们日后一定要去台湾，要吃夜市的小吃就要吃正宗的。她说我们到了台湾可以找她，说着给我写下她在台湾的电话号码，以及夏威夷的地址。她的身体不好，可能没有力气陪我们，但是她会给我们Tips，详细介绍台湾风味小吃。我很高兴，也给她留了电话，似乎在台湾就有了个老朋友。

宴席散后，我们先告退，傅培梅老师被“夏处长”留下来提意见。

不久，我给傅培梅老师寄去了黑喇叭菇，还有鸡油菌，写了一封信随菇邮寄去，把在桌上没有说的溢美之词，在纸上说了一遍，并祝她早日康复。几天之后，她打了个电话到公司，感谢我给她寄了菇去，她说没有想到你们说到做到，很感谢。她问了一个问题：信是谁写的？

我说是我。

她有些意味深长地“哦”了一声。我没有问这个问题什么意思。

那就是我们唯一一次与台湾美食家傅培梅女士的交往，但好像有不少情节，而且那种一面之交竟还衍生出很多的好情意。每当看到关于台北夜市上的风味小吃，我都会想起傅老师。

两年还是三年以后，傅老师去世。很遗憾假如日后去台湾，也听不到她关于台湾风味小吃的推荐了。而她说的日后若来纽约做烹调讲座，要用我们的种种野菇，也只是一个空洞的回想了。但能与傅老师有一面之交，深感意外，好像是上帝的一个安排。

推拿师周老太

阿普干活扭伤了腰，不能动。一星期后就来干活了，说这个星期去推拿了，一下就能动了。我那段日子正是肩周炎，疼得死去活来，半夜会坐起来嘶嘶地吸凉气，有时疼得哭。一听有人推拿功夫好，就也要去推一下拿一下。阿普说，你去找周老太，她很厉害的。叫她周老太，岁数就不小了，多大呢？出七十了。七十岁推拿，哪里还有力气？阿普说，我们有伤都去找她推的，去试试嘛，我们做装修都去，你这点疼还不容易？

周老太住在北方大道南侧的友联街，一栋公寓大楼中。我拿着阿普给的电话号码，先给周老太去个电话预约。电话是周老太接的，她问我是怎么知道她的，她又不登广告。我一提阿普，周老太说噢，他呀，他我认识，那好吧，明天早上你过来。听见周老太说话，我的肩周炎马上轻了三分。

第二天，我耷拉着一条不能动的胳膊，去按门铃，对讲器里有人问：谁呀？我晓得那人正从安保视频中辨认我，确认我就是前一天给她电话的女病人,她才按门让我进。

周老太站在门口等我,穿着花裙子,头发烫过,微卷,很精神很俏丽,看不出七十多岁了。她说话嗓音比较细,有点戏剧感,北京人。尽管离开京城时间久了,口音带了些南腔,但芯子还是京城的。公寓客厅很宽绰,有一个大阳台,站在客厅中间都能看到对岸的曼哈顿岛,是法拉盛的高级地段。每天清晨五点,周老太起床,洗漱完毕后到大阳台上,站着呼吸,慢慢地深呼吸,和天地接气。她说要不她这么大岁数,哪里来气力给人推拿呢? 都靠天天从天上接下来的。

一间小些的房间是卧室,更小些的房间是推拿室。

我剥开肩上衣服给她看看,她这里敲敲那里摸摸,十拿九稳地跟我说,你这就是得了五十肩啦,也叫肩周炎,到了这个年纪很多人都肩疼,你还能走路来我这里算不错的,有些人犯了肩周炎啊,床都起不来,以后你不光要来推拿,还要按照我说的做一套动作,每天锻炼恢复。收费一小时六十块钱。

病人不少,一天时间安排很紧凑,这个离开,那个进来,川流不息,都是在客厅里擦肩而过,你看我一眼,我看你一眼。这个可能有些联防作用,日后出了事情的话,就有目击证人。但是推拿的时候,公寓里就只有周老太和病人,从来没有坐在客厅里等候的病人,所以安全。她说,我当然是要这样,视频里先看清楚是谁了才开门,不然放个坏人进来怎么办,他要干什么我都打不过他呀。

从前她带着个儿子住在另一处华人集中的地方，叫艾尔姆赫斯特,就遇到过破门而入的抢劫。周老太只收现金,看病给钱的人都知道。

她一边在我肩上抚摸着,一边把被抢劫的遭遇说给我听,她说,那时没有经验啊,病人可以同时进来,房子还没有警铃系统。那天就进来两个男人,二十多岁的华人,他们不戴头套,不躲不藏,上来就用黑塑料袋把我头套上,然后把儿子的头也套上,用绳子把我一绑,把儿子一绑,绑在一起。你看都是准备好的,一般小偷是找没有人在家的时候上门,这两个贼知道我总是在家嘛,他们等不到没有人的时候,所以干脆就来了,把我们母子俩推坐在地板上,凶着要钱,把我儿子吓得,悄悄问我妈妈怎么办呢?儿子?那时也三十多岁了,但他害怕呀,不像我见过世面。我告诉贼钱在哪里,还把保险箱密码告诉他们,他们拿了钱就跑了,也没有拿我们灭口,他们跑了我们想办法解开绳子,报警。警察一看就是熟人所为,因为家里没有翻动,什么都好好的,就是直接冲钱来的,警察问我知道不知道是什么人干的,我能说吗?不能啊,我一说,日后有麻烦啊。后来,我就搬走了,不能住在那里了。

原来她在友联街开业这么谨慎,是有残酷教训的。

周老太不停嘴，一个故事接一个故事，好像平时缺人说话。她讲的故事比她的推拿好得多,每次治疗一小时,有二十分钟是说话，一说话手就慢下来，就耽误推拿，我也不好跟她说你推呀，你推呀。老太太说到兴奋处，停下手来集中精力说话。我出六十美元一小时，她却不因为说话耽误了时间而延长推拿时间。

可我毕竟有弱点，喜欢听她的家长里短。周老太因为天天给病人看病，江湖上啥事儿都听到，离奇的人事也很多。但还是她自己的故事最有意思。

周老太生在北京，后随丈夫到上海，两个孩子都在上海生的。她说，他们小时候苦啊，为什么呢？碰到“文化大革命”啦，我们做私人医生的，几次运动下来，成分就坏了，要躲起来做人的。

她说，两个孩子一个不剩都去了北大荒农场，北大荒多苦啊，冬天零下三十多度，他们还都没有长好啊，都是要吃要喝的年纪呢，可是东北除了土豆大白菜，哪有什么营养啊？来信给我，说整天就是饿，饿了还要干活，活儿很重很苦。我怎么办呢？给他们寄东西吃啊。那时我也不敢公开给人看病了，更不能出诊，发现了是要挨斗的，只能偷偷在家靠一些老病人看病，还有老病人偷偷介绍来的病人，偷偷摸摸找到我家，偷偷摸摸塞给我一点钱。说了你不要笑，每次看完病，给的就是三五毛钱，还有一毛钱也看病的呢。我也不计较，多就多一点，少就少一点，总比一分钱挣不到好，你还不要说，就是那点钱，算起来也比一般人的钱多，哪个活一辈子不生病呢。所以我就能时常买一些吃的，分头寄给孩子，买什么呢？炼乳罐头、奶粉、香肠肉松、糖果巧克力，凡是上海能买到的经久耐吃的，我都买了存起来，等到他们来信说吃完了，我就再寄。什么？农场不查？查！怎么不查？所以我就很麻烦，总是要假装寄衣服，乱七八糟塞紧了，然后把吃的藏在衣服里。那些年，我都不记得我怎么过的日子，好像成天就是给他们买吃的，存吃的，寄吃的。也幸亏我给他们寄吃的，他们都长大了，不比人家矮，不比人家瘦。

我听了笑起来，周老太也笑起来。一件本来有着悲情味道的家事，给周老太一说，就诙谐轻松。她这样一个上海中医师，怎么会对生活有如此恢宏的气度呢？谜底在她的身世里。

周老太在北京出生，父亲是中医，当时在京城名声很大。膝下却就只有这个千金，府里上上下下对她倍极疼爱，要什么有什么，怎么吵怎么闹都行得通。渐渐地，千金长大，长大了脾气是小姐脾气，胆子是豹子胆。日本人在北平横行那些年，周老太正是青春花好，跟着父亲也学一点中医，父亲说世道这么乱，女孩子不要出去乱跑，跟在身边识识药草，抓抓草药。她的本事就是那个时间学出来的。

周老先生因为医术好，渐渐传出名声，竟然惊动日本的城防司令，也带着太太登门求医。那时你不能因为恨日本人就不给日本人看病，医生的本职就是看病。

周小姐清楚地记得日本司令到她家去的情景，那时她是十六七岁的大闺女了。她说那对日本夫妻倒很和气,说话声音很轻,不停向她父亲鞠躬致谢,看到经过院子的周小姐,一问之下知道是府上千金,便跟她招呼。父亲有意让女儿也露了一手诊脉的本事,给日本人留下好印象。后来每至周府,都问问小姐在不在,有时还带些日本点心给她吃。北平常常戒严,出入不便,胆大的周小姐向司令求一个通行牌子,说时常要出城进药,不然没有办法给人看病。因为司令也是周家的病人,很痛快地给了她家一个通行牌子。

谁知道周家人是抗日的,跟抗日队伍有联系。抗日同志需要药物的时候,会通过秘密途径发出讯号,然后周家就要准备送药出去。送货接货的地方不定,有时这里有时那里。通常是周医生本人,或者带个信得过的徒弟,送中成药出去。

当然,周老太一边抚摸我的肩膀,一边愉快地回忆往事,说要伪装好才能出门的,好在不是有日本司令给的通行证吗,日本人也好糊弄的,他哪里会想到就是他让我们去抗日的。

但有一次,不行了,周医生出不去了。因为抗日战士需要的不是药草,而是盐。因为封山封路,队伍很久没有弄到盐,吃的东西都淡,久而久之,战士的体质下降了,没有盐人是要垮的。这件事情很难办,盐不像中成药,中成药容易藏起来,也不重,而盐的分量重体积大,送一趟出去总不能只送一斤两斤,多了又通不过城门关卡,有通行牌子也不行,一翻车子就查到了。怎么办?各种办法都想了,都不行。最后想出一个办法,而且只有让周小姐去送。他们把很多盐放进澡盆里，掺进凉水，慢慢搅动，让盐溶化在水里，然后把周小姐的长棉袍子放进盐水里浸，浸得透透的，捞出来晒干，最外面再轻轻拍，把板结在面子上的盐拍落。不然，袍子是会看着不对头的。小姐穿上长棉袍，外面再披一块大围巾，出门了。

写到这里补充一句，听周老太说这段往事时，我是聚精会神的。但是后来我说给懂抗战历史的朋友听，他们都笑起来，说这是老一套，都是用棉袄泡在盐水里送给抗日队伍的！我不这样想，周老太为什么要编呢？我相信她说的话。

周小姐坐在车子里出城送盐，经过关卡时拿出通行牌，说到外地去进草药。说到这里她松了松衣领，说那个盐棉袍很难受，就算是干的，也都板实得不得了啊，沾到皮肤上刺痒刺痒的。

把盐送到抗日队伍时，他们看到我都很失望，怎么看不到盐呢？我赶紧把棉袍脱下来，叫他们把袍子浸在水里，那水咸啊！他们缺盐缺了很久了，赶不及就先喝上一口盐水。

周小姐留下湿透的袍子，穿上随身带着的另一件干袍子，赶回北平。当然要真的进一些中草药成药进城回药号。下一次如法炮制。炮制了不少次。就是这样，周小姐偷偷在日本人眼皮下，给抗日队伍送了急需的盐巴。

说到这里，周老太的表情有些复杂。我看明白了，也很为她惋惜。她是抗日英雄呢。而且，那个日本司令，从私人的角度来说,对她很不错的,还痛快地给了她通行的牌子,但是她却利用这个机会,反戈一击支持地下抗日队伍。

然而周老太一家在中国的抗战胜利史上，没有得到一枚军功章。随着周医生去世,周小姐也嫁到了上海,也靠给人看病谋生,辛辛苦苦清清白白,然后到了“文革”还要偷偷摸摸给人看病,挣些钱买了食品给儿女寄到东北去吃。少女时代的偷偷摸摸,是为了抗日,做了母亲以后的偷偷摸摸,是为了儿女,都是大气磅礴的作为。

未曾谋面忆郑念

长篇英文自传*Life And Death In Shanghai*，译成中文后名为《上海生死劫》。

这本书在美国出版，非常轰动，是很早一部以亲身经历写的自传。自传很多，这部自传的不寻常在于，她是一位旅居美国的中国女人，用英文写出来，关于“文革”十年的家庭悲剧。

作者郑念，1949年前在上海的Shell（壳）石油公司做事。“文革”结束，“壳”公司出面担保她移居美国。那时，郑念女士孑然一身去往异乡生活，丈夫和女儿都死于“文革”。

今天是2010年5月11日，改文章改到这一篇，得知郑念女士已于2009年11月2号去世。一个备极典雅的华人女作家去世了。留下一部值得后人用心去读的《上海生死劫》。1987年《上海生死劫》出版，轰动美国。那一年我到美国才一年，路过书店进去，这个书名立刻吸引了我，扉页上看到作者照片，一个极美的女人，七十多岁了仍旧美，还不是美，是那种娴静典雅的神情。郑念的美，跟作家不搭界，是大家闺秀的美，也是一代明星的美。看她的照片，让你一看再看，看了还要看，那样有味道，老上海的味道，世事沧桑的味道，爱情和丧失的味道，痛苦和忍受的味道，不朽的美人味。

这篇文章，几易其名。写的不是我跟郑念未曾谋面，而是同学小章，他也没有见过郑念，但跟她在电话中讲过话。我们跟她，是读者和作者的关系，但还有些东西超越了读者和作者的关系。这 段小事其实没有多少细节，要说也就是感想。写出来纪念郑念女士。

那时小章在名牌大学读心理学，那是一门艰深的专业，本身艰深不要说，读英文心理学专业书，就更是不简单，教授布置的阅读量很大，都是大部头专著。华人是不容易考上的。但小章读书特别灵，他英文好，天分高。他说他从小地方出来，手无寸铁闯进大城市读书，后来到美国读研究生，能读能写就不错了。这是他自豪的谦虚。实际上他说一口朗朗的英语，不假思索用英文讨论问题，论证，辩论。仗着这个智商，他在读书之余，花不少时间休闲，聚朋友，谈恋爱。小章是个不落俗套的人。不落俗套本身是一句俗套话。我在纽约三十年，结识多少人，小章的不落俗套，值得用不落俗套来形容。

小章穿蓝色中山装，背军用书包，中国式书生，在大熔炉里十分另类。后来中国的种种复古时尚，在小章那里我早就见识过了。小章不大带女友去饭店吃饭，自己烧。他烧百叶结红烧肉、炖猪蹄、凉拌麻辣肚丝、冬瓜排骨汤，美国人怎么不能接受、怎么害怕吃，他怎么烧。以毒攻毒，克敌制胜，大亨做派。即使小章今天还是三十来岁，他也绝不会跟人进咖啡店喝蓝山咖啡。后来他在药品大公司担任全球销售部主任，走南闯北见识大场面，也不讲究这些。在很多事情上，小章不信邪。

说小章喜欢谈恋爱不准确，他是喜欢恋爱的感觉，那一点一丝的激动和情调，像一盏油浅下去的油灯，眼看要灭就是不灭，叫人心拎拎的。当然这是我的形容，我把这个看法告诉他，他听了很乐，说你真会讲。这也是小章的好处，不装。

拿到博士学位后，小章去外州就职。给我一个电话，要我送送他。他笑着说不晓得怎么搞的，到要离开纽约，才发现没有朋友送个行。说完又笑起来。那时的小章，踌躇满志，因为那份工作不错。但小章心情也不太好，因为他跟女友分手了。他平淡地告诉我，分手了，本来以为能成的呢。我觉得小章太自负了，凭什么以为对方一定会嫁给他，那时在读书，工作都没有。他笑笑，淡然说：也是的。

小章跟着运行李箱的U Haul运输大卡车走的，他爬上高高的副驾驶座，跟我挥挥手，离开了125街。

过了段日子，接到小章的电话，说那边的情况，听着好像还不错。我问他寂寞不寂寞。他怎么说的我不记得了。他稍稍提高音调说：你猜我给谁去电话了？

我说你总不能给郑念去电话吧。那么说，是随口，随心所欲想到的一个人。可能是知道郑念住在华盛顿吧。小章哈哈大笑，说谢舒你真能猜，怎么让你猜到郑念？对，就是郑念！我给郑念去电话的。我说你不开玩笑吧？郑念是知名作家。小章心情很好地说，我真的给郑念去电话的。

说到话没有啊？我问他。他说那是当然啦，还谈了不少时间呢。

小章是不喜欢看文学作品的，传记也不会看，他读的书都是专业书，精神学、神经学、统计学、心理学、哲学、社会学等的英文原版，哪里有时间看小说之类的东西。

他是在一本杂志封面上，看到郑念的照片。他问我有没有看过郑念的照片？我不光看过郑念的照片，我看完了郑念的书。小章说，书，他到图书馆去借了一本，没有一页一页看，是翻看。但是那一番浏览给了他很深的印象，主要是作者的英文那么地道，不知道的还以为是美国人写的。还有就是人非常漂亮，令人难忘。

他从黄页上查找Nian Zheng，查到首都华盛顿地区有个郑念，还有电话号码。于是他就拨了电话过去，郑念接的。

小章用流利英语向郑念介绍说，他是她的读者，对她作品中揭露的残酷和黑暗，深受震撼，也对她的英文佩服至极。郑念听了很高兴，但郑念女士还是从小章的口音中听出，他不是美国人。小章就笑起来了，告诉郑念自己是江苏人。小章说话很温和，不快不慢，特别是处乱不惊，不管什么场合和发生什么事变，他从不提高声调更不加快速度，大将风度。

郑念跟小章马上聊起来。话题中心就是她的自传。《上海生死劫》讲的是十年动乱，可是因为用英文写，就限制了中国读者。中国大陆当时买不到这本书，美国华人能直接看英文原版的不多。能遇到一个中国读者，对郑念来说也许不容易。关于《上海生死劫》的具体交谈内容，小章没有跟我多说。他后来告诉郑念，他工作的城市离华盛顿不远，希望有一天过去看望她。

要不是那天郑念已有安排，那个电话就不晓得多长了。郑念跟小章说，对不起，章先生，今天是周末，我已经跟几个朋友约好了，要一道吃晚饭，今天就不能多跟你说了，非常高兴跟你说了这么久的话，谢谢你喜欢我的书。

小章说抱歉，耽误您了，您赶紧去，我们以后再联系，周末快乐！

我没有过贸然给作家打电话的经历，不管多么喜欢这个作家的作品，更不要说贸然探望。小章有可能真会去看郑念，他是敢想敢做的一个人，坦白直率，骨子里的江湖人，是小城市出来做大事人的勇往直前，也是纽约客的直抒情怀。我问他是不是很喜欢郑念？他说是啊，如果可能，我真去看她，那么优雅的女作家，英语一流，她那种经历，要能坐下来谈谈，就好了。

后来小章又给郑念打过两三次电话，每次都说得蛮好的，他常常对她书中的描述提出一些感想，还有问题，郑念一一答复他。因为小章没有经历过疾风暴雨的动荡，不是直接的。我从小章的话中听出，他后来认真读了《上海生死劫》。

他坦诚地告诉我，倾慕年轻时的郑念。一个人年轻时的好模样，某一刻的好模样，会在人的感情中激起不寻常的感情。听过有天才画家，爱雕像。那是真天才。

今天得知郑念女士已经去世，想起这件事，心里有遗憾也有惘然。小章知道郑念已经走了吗？后来小章换过好些工作，越做收入越高，越做越有眼界和作为。小章不会忘记郑念女士，他给郑念电话，是理智也是非理智。我相信，郑念曾被这个在华盛顿地区工作的小章感动。

虽然这里并不是写小章和郑念的感情，但由此想到异性间的感情，不以爱的方式或时间长短判定，一个眼神，一个动作，一个电话，一分钟的相处和一瞥之间，然后擦肩而过，再无联系，只有短暂的回忆留下了，日后回想会心一笑，好像对面坐着他，或她。那也是感情，一生不忘。

我仔细读了郑念的书，我比小章行的地方在于，我能说出郑念书中的某些地点，某些对话，甚至她的内心对读者产生的冲击力度，乃至动乱在上海和南京的同与不同。我尤其记得她女儿自杀的地点，是靠近外滩不远的大楼。郑念写到“文革”结束后，她多次去那里，站在人行道上，朝上看，心中疑惑，那么小的一个圆窗，窗玻璃只能掀起来到水平线，把圆窗切成两个半圆，大人的身躯怎样进去，怎么出来？我看到这里心中发寒，想着郑念每去女儿跳楼的地方，穿着黑色风衣，神情至哀。不是每一个人都有那种直面惨淡人生的勇气的。

美国这个都市庙大神多，中国近现代史上不少响亮人物，在这里留下名字。别的不说，张爱玲就在加州度过晚年并去世。夏志清、唐德刚，多年在哥大附近走动。饭店吃饭，不期然就看到袁家骝和吴健雄夫妇，也看到过李振道。不知道有没有人把郑念算在其中。不过对我和小章，郑念是了不起的女作家。

我真应当告诉郑念，我来自中国南方城市，是她的读者，那会让郑念感到同频回响。小章却做了，他借了郑念的书还没有一行一行看完，就给郑念去了电话，这就是小章让我钦佩的地方，爱自己之所爱，不瞻前顾后。

现在我替小章写下有关郑念女士的这点暮年小事，是感佩小章的坦白真情。郑念开始写作很晚，走过人生大半，只身漂洋过海重新开始，著书记录动荡岁月，家庭悲剧，字字句句落笔有情无情，令人钦佩。

我读的是英文版，那时有点狐疑，为什么她要用第二语言来写“文革”？那么大的事件，那么长的时间，那么多滴滴点点，那样绝命苦痛，全发生在上海，哪怕用上海方言来写，会不会都比英文写作逼真?

我没有读《上海生死劫》中文版，因为郑念的名字和她这个人，已经跟英文版*Life and Death in Shanghai*不能分开了。

不久我告诉小章，郑念年前去世。他用平稳的声音问：really(真的)? 什么时候? 去世了吗她? 我不知道啊，少见到那样漂亮优雅的女作家，很惋惜。

我们都与她未曾谋面，她给我们留下恒久的怀念，就是作家的勇气和作家的情操。

迁葬

一百四十年后，在北卡罗来纳州一座公墓中，六个当年到美国修铁路的华工落葬安息。那天清晨，阿巴拉契亚山的蓝岭余脉上飘着薄雾，大西洋吹来清风。

参加迁葬仪式的有县长、县府公职人员、公证官、地产商、研究美国大铁路建筑史的学者、镇居民、中学生、殡葬人员，还有一对来自中国黑龙江的夫妇。他们聚在这里，举行隆重的迁葬仪式。

“迁葬”是一个令人思绪万千的词。把已经入土为安的遗骨起出来，另找一片地方下葬。程序复杂心情感伤。然而北卡小镇的迁葬，动人肺腑。公墓俯瞰大西洋，宁静开阔，六位华工的遗骨从一片荒坟中迁出，来到这里安息，享有永远使用权。十九世纪后期他们从中国来到美国，修筑铁路，埋骨异乡。作为个人，他们没有姓名，但作为群体，他们共同拥有一个名字：华工。

华工，是美国近代史上一度被轻视忽略的两个字。

在留学大潮风起云涌的这三十年中，鲜少听人提及百十年前远涉重洋，从广东福建来到美国的一万多名筑路工的经历。他们对美国的贡献，远比美国政府承认得多，远比我们知道得多，远比他们自己意识到得多。

这六位华工遗骨迁葬的故事，是从一篇文章中读到的，作者就是那位东北来的知青留学生。夫妻俩在小镇上开中餐馆，亲历了迁葬全过程。我保留了这篇文章，两年中常常读一读，再读一读。从里面看见远走在我们前面的先辈，听到他们长途跋涉的足音。最初只是涟漪般细微的感情，随着时间过去，逐渐宽阔，宽阔，澎湃不息。

我开始怀着特殊的感情关心华工的历史，他们来自我母亲的故乡——广东。从最初对横贯美国东西大铁路知之甚微，到这条大铁路在我心里延伸再延伸，直至延伸到笔下。

东从大西洋，西至太平洋，美国东西两岸距离约为四千五百千米，1869年前，纽约到旧金山要乘船绕行南美洲，至少六个月。1862年，林肯总统批准修筑太平洋铁路，这条全长三千多千米的铁路，将横贯北美大陆，由联合太平洋铁路公司和中央太平洋铁路公司共同承建。联合太平洋铁路的起点，在内布拉斯加州的奥马哈，中央太平洋铁路的起点是加利福尼亚州的沙加缅度。

1987年我去加州，站在沙加缅度大学校门前时，对这段历史一无所知。那是我去过的第一所西海岸大学，当时我就站在大铁路破土动工的地方。那里曾经走过我许多许多先辈，他们淘金、修铁路，开始千难万难的旅美生涯。

两段铁路同时开工铺筑，东西相向行进。太平洋铁路承担的西段铁路，穿越整个内华达山脉，路况险峻，工程艰巨。当时美国南北战争已燃烽火，这条铁路的建成对美国北方有着重要的战略意义。而最后北方军的战胜，美国南北统一和废除奴隶制，都与这条大铁路的建成关系密切。

美国国会以发行国债的方式筹集筑路资金，并在法案中颁布了现金铺贴法，规定无论哪家公司，凡铺轨两旁的土地即归其开发利用。两家公司都期望加快速度，以获得更多利益。筑路速度便成为当务之急。而筑路工人的体能和技能，是当务之急中的当务之急。

美国西部在1848年发现了金矿，掀起一股淘金热，彼时西部地广人稀，严重缺乏矿工。不久，大批华工远渡重洋来到西海岸，加入“西部大开发”。金矿矿藏告罄后，很多华工转向修筑铁路，与后来从广东、福建招募到的华工，形成筑路大军。

铁路公司董事长克罗克深知华工的顽强，他说，一个修建了万里长城的民族，修一条铁路是难不倒他们的。

1864年，华工在怀疑讥嘲的目光中，走上铁路建筑工地。

这些来自中国南方乡村的华工,穿着宽大的棉布衣裤,头戴斗笠,一句英语不会,看似木讷,而且身量普遍矮小瘦弱,似乎难以胜任高难度的苦力活，也难以抵御山岭地区变幻莫测的气候。为什么他们要千辛万苦地到异乡谋生呢?

清文宗咸丰十一年,也就是1861年,太平天国的风云仍激荡未平,南方农村战乱频仍,适逢灾荒,加上地少人多的压力,百姓无法安于耕种,粮食歉收生活艰困。种种灾祸加上美国西部淘金热的刺激，迫使这些从中原迁徙到此的青壮华人再次迁徙,来到美国,开始完全陌生的营生。当时人们普遍认为,这条大铁路至少需要十四年才能完工,然而仅仅七年,在大批华工的参与下,铁路竣工。

提前一半时间完成不可能的任务,如今遥想,何等壮观!除了气候和路况,还有工具不够先进等难以设想的困难。曾经在照片上看到这样的景状,山羊都无法驻足的悬崖峭壁,工人根本没有立足支点,炸山开路的炮眼无法开凿,工具无法运上去,怎么办?是华工想出了办法,从山顶吊下结实的麻绳,箩筐结在绳上,华工们站在箩筐里,在半山腰凿石头打炮眼,那种落后但又是唯一办法的办法,是关键性的发明。这使人想起中国南方发现的悬棺,根据推测和考证乃至实验,悬棺就是利用这种悬吊法,成功架设在崖壁上。

点着炮眼的引信后，要以最快速度把筐里的工人拉回山顶,而这是极难把握的一着,很多华工就那样死在半山,用血肉之躯铺垫了最艰险的路段，打通美国东西大通途。

1869年5月10日，两条相对行进铺设的铁路，在犹他州的普洛芒特略举行接轨仪式。四名华工扛来用加利福尼亚月桂树制成的最后一根枕木，落在铁轨上，标志完工。这段主要由华工参与铺设的铁路，创造过一天铺设铁轨十英里二百英尺（约十六千米）的世界纪录。当年竖立了很大的木牌，标出一天铺设的里程数，以志纪念。

董事长克罗克的话令人激动："我愿提醒各位注意，我们建造的这条铁路能及早完成，要归功于贫穷而受鄙视的、被称为中国人的劳动阶级——归功于他们所表现的忠诚和勤奋。"

但在接轨那天所摄的庆功照片中，却一个华人都没有。克罗克虽然用激越之辞赞扬了华工的忠诚和勤劳，他的话却如海上的泡沫，风吹即散。更没想到，铁路完工不久，美国通过了《排华法案》，很多领域禁止招募华工，很多华工被遣返回国。以后的一百多年，立下汗马功劳的华工，淹没在历史的烟尘中。而那条为美国经济繁荣做出不可磨灭贡献的大铁路，百年来汽笛长鸣。

葬身北卡罗来纳州的六位华工，修筑的是南北走向的铁路，如果没有发现这片荒芜的墓地，很难证实在山岭纵横的北卡，也曾有华工参与了东海岸的铁路建设。这片紧挨废旧铁路的墓地，百年来沉睡在荒草林木中，不为人知，直到当地为建新公路征地，才被发现。从前通铁路时，小镇繁荣，后来汽车业发展，铁路弃用，逐渐荒草披散，杂树林蔓生。但仍有游人到这里游历怀旧，此段铁路便作为历史陈迹保留下来。但从没有人关注过荒坟，这是一块被遗忘的角落。

征地牵涉到居民的动迁，牵涉到迁葬，这片荒坟才浮现世面，引起重视。当年修铁路有三个县在这里比邻交集，没有清楚的地界，县志上也没有明确记载。后来明确了地界，县志修正记录，这片地归属这个小镇，迁葬的问题自然也归此县解决。

有一个九十岁的老人，坚拒大笔动迁费，说他家三代人在这里生活，都是长寿之人，他年过九十身体还很好，全仗小镇风水，所以拒绝搬迁。几番谈判没有结果，最后公路重新测量，绕道而筑。

动迁活人不容易，活人有具体要求，常要几经协调才能解决，或者无法解决陷入僵局。死人的事好办，何况百年前的死人。可事情并非如此，县府依照法律程序在报上登了寻人启事，以期找到逝者后代，希望与他们确认逝者身份。可是一百多年后去哪里寻找荒坟的后人？更不用说那里埋的是远隔千山万水的中国人。县府人员带着几张墓地照片，到交叉比邻的两个县去了解情况，也许有人知道一些情况。结果所得甚微，唯一确认的只一件事:逝者是华工。

大铁路的修筑始于1863年，于1869年竣工，前后历时七年。六位华工已经死去一百四五十年了,哪去找他们的后代?寻找百年前死者的后代,是功勋卓著的历史人物享受的殊荣。而这几位华工,除了遗骨,一无所有,故乡即便有后人也是旁系的旁系,分支的分支。

可县府为确认他们的身份,开始遍寻可能在世的后人。也许这只是一个必经的程序,死者为大,入土为安。但这是多么令人肃然起敬的程序。

有结果的就是几张照片,在残破的墓碑上,有几个依稀可辨的汉字,“粤……江门……六仔”。

人生在世,确认你是此人非彼人,两件事重要:出生地和姓名。出生地是你的故乡。姓名是你家族的血脉。在这块破碎的石碑上,有逝者的出生地:广东,江门。有一个小名:六仔。“六仔”这样的名字,在广东、福建是比比可见的男孩名儿,父母把他朝地上一放,随便他去爬去滚,名字随便喊,六仔七仔、阿三阿四,草一样蛮荒顽强。这个六仔可能还在少年,就随同乡一路来到美国,吃风吃雨,结果死在异乡。

然而这个县,要找到六仔和其他五名华工的身世,验明正身保留证据,待一切完成后方才着手迁葬事宜。于是郑重起出遗骨,送到医学研究院,为他们做DNA检测,备案,存档,以便有朝一日他们旁系支流的后代,到美国寻找先祖。

DNA的检测,只凭几块碎渣般的骨头。但这几块碎骨在我心里激起的联想,是上万名华工具体的模样和身姿,是他们的故乡口音和留在老家的父老乡亲。百十年过去,大西洋的风雨早已侵蚀了他们的遗骨，找到的碎屑要辨识检测，鉴定出DNA，需要多么先进的科学仪器，多大的花费？六名华工的DNA检测结果的标签上,如何署名？六仔至少还有一个小名,其他五个人无名,跟千万华工一样来的时候没有名姓,走的时候也没有名姓。但在他们万里之遥的骨亲的DNA中,保留了他们曾经活过的明证。也许有一天,他们的后世子孙来到美国,站在他们长眠的地方,确认他们就是族中先辈,凭的就是县府做的DNA检测的结果。

着手迁葬前有了新问题,不能按照美国风俗迁葬。这几个华人，为建设大铁路死在异乡，他们的灵魂一定希望能够回家,所以要按照中国的风俗迁葬。那天县长带着公证官和县府人员,拿着几张荒坟的照片去拜访中餐馆老板。县长做了简洁的解释,让老板十分吃惊,他没想到为了六个一百多年前死去的华工,整个小镇倾力介入。

老板不知道广东人的殡葬风俗，于是给纽约一家饭店的前雇主电话,雇主的母亲是广东人。多年没有联系,双方都很感慨高兴。北卡老板说出了致电缘由,打听江门的入葬风俗,令老太太老泪纵横。老人家十岁到美国,已经八十年了,对当地的殡葬没有任何记忆。但她说当年有一万多江门人,被招到美国修路，其他地方的也有，但是很少，也不知道是广东哪些地方出来的。江门人在美国做最苦的活，修铁路跟开洗衣店和开餐馆的华人不一样。他们风餐露宿，周薪远低于白人，省下来的钱寄回乡下养活家人。她一直听说，随着铁路的延伸，死去的华工越来越多，生病没有药吃，死后无葬身之地，几乎每一条枕木下，都葬着一个华工。

建成横贯美国东西部的大铁路，需要多少根枕木？葬着多少华工？

北卡这片荒坟，只有六个华工有葬身之地，也许他们是在路段完工后死的，那时枕木已经铺好，只有草草埋在路边。此后被遗忘。

老太太叮嘱北卡的老板说，我们都是江门来的，请在迁葬的时候，朝着江门的方向，烧几炷还魂香吧，带他们的灵魂回江门去。

迁葬的日期由县府定下来，有关人员去通知中餐馆老板，希望他们夫妻参加迁葬，见证那个时刻。老板看了中国挂历，发现挂历写着那天不宜出殡，不宜丧葬。但是县府定的日子能改吗？当时正是午饭时间，订单电话纷纷进来，忽然电线断了，饭店一片沉寂，凉风从后门吹进店堂。老板娘走过去说，要跟县长说啊，是这些江门人告诉你，不愿意在那天迁葬。于是老板跟县府人员解释了中国风俗，县府人员即刻给县长去电话，县长说那请老板看看哪天合适，日子我们改。重新定好迁葬的日子，店堂里电话铃声大作，生意纷纷进来。

迁葬那天一早，阿巴拉契山蓝岭近旁的公墓，已有殡葬人员忙碌，他们用最先进的测量仪，精确测出广东的方向，在草地上用白漆喷出长长一条白色箭头，指向万里之遥的江门。还魂香斜插，也指向江门。殡葬人员告诉华人老板，他们用的是最现代最精密的仪器，丝毫不错，箭头所指肯定是江门。老板带着西藏布达拉宫的藏药香，点燃六炷香，插在还魂香旁边，六仔他们是死于疾病的，愿他们在天国不再受病痛折磨。还魂香和藏药香的白烟袅袅升起，盘旋，六仔他们的灵魂在芬芳的烟雾中，开始万里跋涉。

公证官代表镇居民说话，好些家族远从欧洲来到美国，三代人住在这里从未离开，今天他代表他们向这些华工致谢，是他们把小镇和外面的世界连接起来。小学生们敲响了铁皮鼓，鼓声像细碎的雨点在山谷中回响。十多位镇居民自组了一个仪仗队，站成一排，在公证官的号令下，举起不同型号的长枪，用礼弹向天上鸣枪，表示对逝者的感谢和追念。

迁葬仪式在烟雾缭绕和枪声长鸣中结束。百年来无着无落的六个灵魂，从阿巴拉契山脉启程，回江门老家。

除了江门人，广东还有哪些地方的华人离乡背井到美国？有零散文章曾提到梅县淡水去的人。淡水，就是我的祖先落脚生根的地方。我母亲是广东淡水人。百年来，淡水有很多人远涉海外，树大根深枝叶茂盛，分居在世界各地，美国最多。纽约有客家人同乡会，也有淡水同乡会。在这些淡水人中，有没有铁路华工的后代？我自己是不是跟这些华工有丝丝缕缕的关系？这是一个没有答案的问题。正如无法考证究竟有多少华工埋骨枕木下一样，我无法肯定也无法否定我是他们的后代。

有一天，我在报上看到一张华工修路的旧照片，几个穿着宽松棉布衣服的男人，站在铁道旁和箩筐前，一个小伙子朝镜头看，脸上没有表情。忽然，我在他的五官上看到我自己。很小的时候，因为生病，母亲把我的童花头剪掉，拍了一张相片。那个“小男孩”正面照，光头圆脸，眼梢微吊，也不笑。看到那位年轻的华工，我立刻想到那张照片。我们是那么相像，粤人模样。要说哪一部分像，我无法描述，但可确认我们源自一个血统。那一刻起我相信，我就是这些历尽千辛万苦的华工的后代。

美国两百多年的历史，走过血腥的黑奴时代，经历过种族歧视和《排华法案》，致使很多华工在美国失去工作机会，生活陷入困顿无望，也使他们的后代走过难走的人生，在异乡步履维艰。近十年时间里，很多研究华工历史的学者做出巨大努力，有国会议员屡屡发出动议，还有来自各个方面的声音和文字，要求政府向华工道歉。

大铁路于1869年5月10日告成。一百四十五年后的5月9日，美国劳工部在荣誉堂（Labor Hall Of Honor）举行隆重仪式，将一万两千名华裔铁路工人列上荣誉榜，予以表彰，将他们的名字和功绩永久保存。自1988年荣誉堂创设以来，这些华工是首批进入荣誉堂的亚裔。荣誉堂在1988年初创时，称为名人堂(Hall of Fame)，纪念各个领域中对美国做出独特贡献的个人或集体，赞颂他们的辛勤劳作，感谢他们大幅提高千万民众的生活质量，对美国人的生活方式产生深远的积极影响。所说荣誉，以造福百姓为至高无上的准则。

迄今有五十位个人或集体获得这一崇高荣誉。

2014年的荣誉，颁发给参加修建太平洋大铁路的万名华工，荣誉榜上这样镌刻：

The Chinese Railroad Workers

1865—1869

巨幅黑白照片的左边是一名华工，戴薄毡帽，穿宽松布衣裤，肩头的扁担上一头一只铁桶，他站在铁轨上，面朝镜头微笑。

他是谁？江门哪个庄上的？多大岁数？面对镜头想什么？会想到他的影像在一百四十五年后进入美国荣誉堂吗？多少奉献被视为逝水，多少岁月化冰流去，当这个小伙子走进荣誉堂面对美国公众时，他仍旧那么年轻！站在铁轨上微笑着俯瞰前去致敬的人。他代表所有的华工在华盛顿宪法大道200号，留下青春面容。

华工进入荣誉堂，是一次大迁葬。1869年大铁路竣工，1882年美国通过《排华法案》,1943年废除《排华法案》,2012年美国参众两院全票通过法案——正式向华工道歉,2014年华工终在美国历史上得到应得的一席之地,是他们最好的归宿地。

表彰大会上，劳工部长佩雷斯怀着激情说:“这些华工不仅仅修建了一条铁路,他们还帮助建立了一个国家。”

「新移民」

一生

一个电话打破春节后正午的寂静。Lisa开口一句话:Tell you a bad news(告诉你一个坏消息),小曹passed away(去世了)。

小曹患的是骨癌,春节之前去世。

美国这么多年,客死异乡的校友和朋友已有一些。不管什么原因,英年之际离世,都让人深感死生无常。但小曹去世的消息,给我的震动不是一般意义上的震动。

我和他,有过一段师母和学生间的交情,所以在我,他的去世标志着一个年代的结束。这个年代来得似乎太早。

小曹帅。若在今天,能去考北京电影学院或者中央戏剧学院。因为从小城市到南京读大学,不免过于谨小慎微,甚至有些唯唯诺诺,这就给他英俊的相貌上增加了几分哀怜讨好。系里的外籍英语老师,不喜欢小曹,说他有些虚假。这是个非常糟糕的评价,又是美国人说的,所以传开来对小曹很不利。还好小曹本人不知道。我不同意这个看法，我看不出他哪一方面虚假了。美国教授不知道小曹的身世，如果知道就会理解他的慎微。做人不尊严，不是小曹的错。

一个老师生病住院，很多学生去探望，但没有小曹。第二天在食堂门口碰到我，犹豫不决走到我身边，小声问：谢老师，听说C老师生病了，我想去看看他，行吗？我看着他胆怯的脸，说你这还要问吗？你当然可以去。小曹有点抱歉，说我今天才知道。

现在回想，他那套礼仪，倒是西洋礼仪。我们那时听说谁生病了，拔腿就去家或者医院看望，事先不预约，不管病人是不是高兴被看望。但那是中国国情，几千年来就是那样的。小曹却不，二十世纪八十年代初已经知道看望病人要问问是不是合适。他的谦恭留给我很深的印象。

毕业后小曹留校，但没有留在英语系，分配到教育系教公共外语。我也只在校园里偶然碰到他，他总是很谦恭地叫一声谢老师好。其实我不是他老师，只是在外语系工作。

忽然传出有关小曹的闲话，系里正在处理他的问题。那一年他留校才一年多。什么问题？小曹不至于有政治问题，他不是党员，刚刚毕业。那么剩下的，就是生活问题了。

生活问题，这四个字，到了二十一世纪，差不多没有人说了，要是真有人有生活问题，都是当官的，但是当官的不叫生活问题，而是贪污腐化。不过小曹的麻烦也是天大地大的，他的问题是中国最古老的千夫指问题：陈世美。

小曹上学之前，当地有个女朋友。四年书读完，小曹留校，身份不一样了，是城市人了，他要跟对象分手。小曹的父亲要他不要这样，这样是自找麻烦，但小曹很坚决，表示他跟她是好不下去的。小曹的感情是不是另有所属？大家都猜，肯定是的，不然为什么非要跟人家分手？女方家真不是好惹的，家长是镇上的干部，带着女儿来到单位，先找到小曹，劝他回头，不回头就告他。小曹不回头。女方家长找到系领导，他不知道小曹没有分在英语系，又跑去教育系，两边领导都跟小曹谈话，劝他珍惜这份工作，不要因为处理不好生活问题，自己被处理。小曹还是坚决，表示一定要分手。女方父亲说，小曹跟自己女儿的关系已经很深，要是不要她了，她日后怎么嫁人？

后来我一直有两个疑问，第一，他为什么不惜人人羡慕的大学工作，非要分手；二是，“关系很深”单凭女方家指责，又不是铁证如山，小曹为什么不反驳，如果反驳至少可以造成事情的模棱两可。

经过两个系辅导员的斡旋，小曹家要给女方做出经济上的赔偿，这个赔偿对方就接受了，不接受也没有用，镇长带着女儿回了老家。如此一来，小曹不是陈世美也是陈世美了。唾沫是可以淹死人的，要是淹死了小曹甩掉的女友，也一样能淹死他。

小曹以为事情过去了，其实那才是开始。这样的事情传起来飞快，就没有人睬小曹了。陈世美是没有人理的。整个学校只有小夏跟他往来。

一天傍晚，楼下有人找我。下去一看，院子里站着小曹和小夏。我很吃惊，这两个留校学生，怎么会找到我家?我是跟父母亲一道住的。看小曹的表情，立刻明白他是百般无奈才找我的。忙让他们上楼，坐下来说话。小曹整个枯萎了，又瘦又黄，精神涣散。小夏坐在他边上，说小曹也不吃饭，也不睡觉，就是坐着发呆。我看看小曹，说你们坐，我去倒水。我给小曹冲了一杯麦乳精，端给他喝。小曹接过麦乳精，两手抱着杯子，温暖着自己的双手。他低下头喝了一口，眼泪就往杯子里流。

小曹请我帮他一个忙。他知道自己不可能留在大学，去哪里还不知道，但他做好了准备去最偏远的小学，就这样他也不后悔，因为他就是不能跟那个女孩好了。而他这一走，心里爱着的那个女孩，肯定也不会跟他好了。他什么都没有了。只有一桩事情，希望谢老师一定要帮帮他。

小曹的父亲，是黄埔军校最后一期的军人，1949年没去台湾，留在大陆，最后回到高淳，在文化馆做事，人微言轻。但小曹有个叔叔在加拿大，正在给小曹办理留学事宜，这事除了小夏没有人知道，照目前情况，去加拿大是小曹唯一的活路，他必须离开这个地方才有活路。

当时系里准备给他记行政大过，并开除团籍。他就是为这个团籍去找我，希望无论如何帮他保住，没有了团籍，公安局看了他的档案，不会发护照给他，那他这辈子就完了。他知道我有个朋友在校团委工作，问我能不能说服这个朋友，在举手表决的时候，投反对票。

这个请求在我看来，可能不合理，但是合情。但在其他人就是违反原则了。要说服那个是非分明的朋友，我没有把握。这个朋友究竟会对“陈世美”男孩子抱怎样的看法，我不知道。假如她深恶痛绝，我提出这个请求反而适得其反。但小曹的眼神那么绝望，把我当成最后的救命稻草。我看着这个二十世纪八十年代中的“陈世美”，想到中国古往今来多少陈世美，朝中又有多少陈世美，逍遥法外，啥事儿没有。不要说到了今天，跟女朋友分手，真是无所谓无所谓的一件事。

我找到J，跟她说，无论如何你要投反对票，不管主张开除小曹团籍的人有多少，你都要反对，你的一票作数，假如他们问你为什么主张保留小曹的团籍，只有你有辩才能说出强有力的理由，推翻他们的决定。J问我跟小曹什么关系，非要保留他的团籍。

我不是要保留小曹的团籍，我是要保住小曹的一条生路。他才二十二岁。

J在校四年，一直担任班级团支部书记，毕业留校后担任团委副书记，是个十分活跃的女孩子。听了我的理由，她答应全力一试，但不一定成。最终在团委会上，J舌战群雄，说服所有人同意保留了小曹的团籍。理由很简单，已经严厉惩罚了小曹，他已经付出惨重代价，按照毛主席说的惩前毖后治病救人，难道我们非要逼死这个刚刚毕业的年轻人？给他一条活路！

后来J受到质疑，问小曹跟她究竟什么关系，要这样帮忙？她笑眯眯大咧咧地跟我说，管他呢，反正没有开除就行了，大不了他们不让我做副书记就是。

离开南京前，小曹到我家告别，他被发配到偏远的乡镇中学教英语去了。他到家里，是替他父亲向我的父亲表示感谢。小曹那时的境遇，常让他那个黄埔出身的老父锥心伤感，又帮不了儿子。可是到我家却没有人歧视他，还喝了一杯热的麦乳精，小曹父亲听了这事，老泪纵横，说：没有想到，现在还有这样厚道的人家，你一定替我谢谢你那位老师的父母亲！

很多年后，我到了纽约，得到小曹的消息，他从加拿大转学到了美国，在圣路易斯读学位。我还在打工挣学费时，他已经拿到了学位，学的是电脑，毕业后一边工作，一边筹措跟朋友合作开自助餐连锁店。我们通上了电话。电话中基本听不出那段经历给他留下的阴影，他很勤奋，很激昂。他说谢老师，那时候只有你和C老师对我好,没有看不起我,我永远都不会忘记。说到这句话时,重又听到他从前的那种谦恭慎微。

1996年,海外校友会成立,那是第一次校友会,盛况空前。六七十个校友从美国各州开车或乘飞机到纽约,在曼哈顿一栋老海员俱乐部改建的酒店举办。小曹也来了,那年他不到四十岁。

小曹微微发福了,有了老板的气度,依然谦恭和悦,帅。他见到我,还要重提到去我家的事,提那杯温热的麦乳精,提他父亲对我父亲如何感佩。

分手时,他请我以后有机会去他那里玩,到他的自助餐厅吃饭。

他说:谢老师,我一辈子都不会忘记你。

不久有几个校友到圣路易斯去了一趟,回到纽约说,小曹请他们一行到他家玩,他已经买了一栋豪宅,五十万美元。当年那是一个令人百感交集的壮举,当我们所有人都在申请奖学金和不辞辛苦打工的时候,小曹已经在小山坡上有了一栋豪宅。偌大的房子,只住着小曹一个人。

第四届校友会会长,大家选出了小曹。小曹对此很热心,而且他个人也常常出差回国,也到南京,希望与有关方面做成生意,他总是不计前嫌地去母校,开会也好,探访也好,旧事并不放在心上。在此期间,我们纽约的校友遇到总会说起小曹的恋爱和婚事,但总扑朔迷离,似乎他总有女朋友,但总在快要结婚时分手。不知道小曹那么一个英俊，在美国又有财富的男人，怎么会一直不能在感情上如愿以偿。而让他得以如愿的，是他的生意，他的连锁店接着开，遍布圣路易斯，而他仍旧事必躬亲，披星戴月地奋斗。

突然结婚了，妻子与他的母校毫无关系。

第四届校友会，小曹建议在著名的赌城拉斯维加斯举办，并邀请校领导派人参加。那时我在南京，没有像电话中答应小曹的那样，去参加他主持的校友会。但是如果我知道，从此以后我将再也不可能见到他了，我一定去，专程从南京赶到拉斯维加斯，看看他。

会后小曹卸任，专注于他的生意。

朋友间交往，如潮汐有涨有退，和小曹的联络渐渐少了，连逢年过节都没有电话。Lisa她们曾结伴去密州旅游过，见到过小曹，他请她们到店里吃饭，却不请她们到家里坐坐。他的生活有些像沙漠中的仙人掌，有时也开花，多的是刺。他给我的感觉是自从那年，就从未改变过，尽管他是最早出国留洋的，最早买了豪宅的，最早有了连锁店的，也是最早回南京找网络教学合作伙伴的。但是他辛苦地活着。活在现在，为了将来。活在从前，为了奋发。

他生病的消息封锁得如此严密，没有一人知道。事后还是一个校友晓汀,她与小曹同在斯城,听人说到城中规模最大的自助餐连锁店老板去世,她都还没有意识到就是小曹。等意识到想来求证,却十分困难。

东海岸的校友都希望能有个方式表达哀思，但小曹的家属遍寻不得。晓汀受托联系餐厅，接电话的员工说此事不清楚。致电小曹家,无人接。这样十几天过去,晓汀终于有一天跟一个员工说到了话,她介绍自己是老板从前的同学,非常想跟他联系上。员工悄悄说:我们老板已经不在了,他家通知全店,不许对外提这件事。还说,老板走的前两天还给店里电话,说他很好,没有问题,他会好的。没有想到突然走了。

晓汀非要找到小曹家属。她天天拨小曹家电话,终于他的太太接了。晓汀转达了大家的问候,并征求意见能不能在海外校友会网站上,发一个讣告?小曹曾任会长两年,为大家做过很多事。夫人说既然这样,发个最简单的讣告,不要说死因,以后请不要再跟她联系。晓汀说好的。但她还是婉转地问了小曹最后的情况,曹太太也说了几句。小曹胃癌好几年了,开始走路不便,后来也没有明显恶化,不想住医院,于是开了药回家住,走的那天也没有异常情况,小曹坐在床边的椅子上,太太端了一杯牛奶给他喝,小曹接过去,太太转身做别的事情,再回头看时,小曹走了。

当届校友会会长小梅在校友会网站上，发了个简短到不能再简短的讣告,不仅对留学海外的校友,也向母校,通报了小曹去世的消息,表示哀悼。

后来的校友会,选举新会长,母校派人参加开幕式。首届会长介绍了校友会历史,特别提到小曹对校友会的贡献,提议与会校友起立向他致敬。

在起立致哀的三分钟里,小曹的一生迅速闪过我记忆。

骨癌是很痛苦的,小曹没有对任何人透露,他是不辞而别的,什么人会对故人和世界不辞而别?我猜,他不甘心。他戴着脚镣离开中国,转而到加拿大。在那里他如何砸碎羁绊,又到美国,到了美国吃苦耐劳拼出学位和财富。但这肯定不是小曹全部的梦想,他最想做的,一定是能够在南京有所作为,是要那座见证了他委屈的城市,见证他的成功。但不管拥有什么,不能拥有健康和寿数,到底意难平。所以我猜小曹认为自己是失败的。因为失败,他不愿告诉朋友和校友,也不要听安慰的废话。他想一走了之。

他一生的最后一秒钟,令我感伤惊怵,手上刚端一杯牛奶就阖上了双眼?按照中国哲学,“善终”是要修的。小曹得了骨癌,是不幸,但他最后的走,如羽化登仙啊。生命的良莠,可从生命熄灭的形式中,得见一斑。

小曹,好好走。

滴水之恩

弟弟的大名叫来骏。“弟弟”两个字用上海话念有味道。他二十世纪八十年代初就到了纽约，不读书，在餐馆打工。

不几年，K到加州一所大学进修，其间哥伦比亚大学录取他读硕士，但没有奖学金，他不管有没有奖学金，进修结束后直接飞往纽约。本来他跟弟弟是人生途中的陌生人，因为要到纽约读书，才展开他俩的一段遭遇。

K远从江苏到加州，又从加州到纽约，一路举目无亲。洛杉矶的安茜把弟弟介绍给他。安茜跟弟弟其实没有渊源，在上海也就是同校同学。弟弟接到电话对安茜说：来好了，我去接机，老接的。安茜就把弟弟的电话号码和地址给了K，说好弟弟接到人让K在他那里打几天地铺，渡过最初的难关。

弟弟却没有到机场接人。K等了很久，机场外面人来人往，都是生人，最后只好拎着两个皮箱，汽车、地铁、汽车不停转换，照安茜给的地址去找弟弟。那时美国的耐克鞋，国人一无所知，凡是出国的人都穿皮鞋，显身份。K穿皮鞋走路夹脚，是夏天，袜子湿了，黏在鞋底不跟脚，走一步提一提。在艾尔姆赫斯特路上，着西装穿皮鞋拎箱子，一看就是国内刚到的新人，港人称“大陆表叔”。

一个老太太开门，见有人拎着箱子，马上阴下脸，找谁？什么弟弟？没有这个人的。K连忙说对不起，我找周先生。老太一听周先生，脸色仍旧不见好，不客气地对K说：你找的人不在家，做工去了。弟弟把安茜的托付忘得干干净净。K跟房东说，能不能让我进去等周先生。

房东说不行。

K问，能不能把箱子放在周先生房间？谢谢你！

行李放在走廊上，人到外面去等。不过那是那时，现在箱子比人还要慎重，万一是行李炸弹呢？K很高兴，一点不悲观，初到美国虽说也是赤手空拳，但他有两个武器无懈可击：年轻，英语好。他兴高采烈到附近小店买份报纸，两张铺在台阶上，坐下来休息，两张铺在路面上，脱下皮鞋让脚放风。其他的翻翻看看，生鲜而陌生的纽约新闻，他发现了很多招工广告，是黑暗隧道的闪闪灯火。

弟弟深夜才回来，见门口坐着一个人，一问，原来是加州来的K，边朝台阶上跨边说，对不起，今天有点儿事，没去接你，进来吧。口气丝毫没有失信于人的不安不妥。

进去坐下后，看看那房间，只有一张单人床一个床头柜，根本住不下另一个人的。可是夜已深了，弟弟就收留了K，在地板上挤一夜。

第二天弟弟跟K说，我不能留你在这里住，我要是留你，房东就会把我赶走。K感激万分地说，住了一夜，已经很麻烦你了，能不能让我把箱子放在你这里？我马上出去找工，找到马上过来拿箱子。弟弟没有犹豫，同意寄放一星期。

白天K到学校去申请奖学金，找工作，晚上到42街时报广场下的地铁总站睡觉，地上铺上报纸，躺在报纸上，枕头是放着一百美元的小提包，周围睡着很多流浪汉。那样睡了一星期。

后来K跟人说到那段日子，说那是最安全的时候，只有人家怕他。

K去了一家唐人街的职业介绍所，在纽约首府近郊的"朱大叔餐馆"，找到一份洗碗工。雇主问他有什么要求，他只问一个问题：管不管住？

于是他兴冲冲跟弟弟联系上，取了箱子跳上灰狗大巴，五个小时后开始全新人生。好消息次第传来，有一个本该享受全额奖学金的中国留学生，系里不同意他来，于是这笔奖学金就一分为二，其中之一给了K。但那只是学费，生活费还要自己挣。他跟教授讲了情况，教授同意他在周末上课工。这样，K就白天洗碗，饭店关门后开始看书，打工的人晚上都喝喝酒，看看电视，住地很吵，K只好到光线好的厕所里看书，有人进来他出去,人家出去他进来。新生活这样开始了。

此后,他跟弟弟再无联系。

二十多年过去。

有一次K跟安茜通电话,安茜说前些时候为一件什么事,跟弟弟联系上了。K立刻要了弟弟的号码,说要跟他联系。弟弟接了电话,根本不晓得谁打给他,想不起来谁是K,直至提起安茜的名字,他才记起,记起也还客气,但不热情。K说没有什么事情,就是很多年没有见了,想见见你,那年谢谢你!

听说不是求他办事,弟弟口气温和了。于是K很高兴地跟弟弟约了时间,说好过去看看他,叙叙旧。弟弟就给他一个地址。

我听K讲这个故事,觉得不很理解甚至不值。不过睡一夜地板,对那么零度感情的一个周来骏,还念这个旧?安茜跟我一样想法,觉得K太认真。二十年后还打个电话去说谢谢,已经够意思了。刚到美国都是这样的,又不是弟弟一个人,再说根本没有去机场接他。K说我们不懂,人最难的坎子不一样,睡一夜地板很多人觉得微不足道,但在他是救火救人救前途。

弟弟早已不做餐馆了,年龄大了,现在在旅店值夜班。对于K记得留他一宿的感恩心情,弟弟很吃惊,说这个我都忘记了,早先来找我的人很多,都是上海朋友一环套一环介绍来找的,我开车陪他们到世贸大厦、炮台公园去玩,成天去,事后人走了就走了,都没有联系,说谢谢的只有你。

他们坐在小厨房的小饭桌边叙那一夜，还有两个箱子的一星期。弟弟告诉K,这不是他自己的家,他跟女友住在一起,还有女友的父母亲,这个房子就是他们买的,也是上海人。女友穿戴讲究,冬天在家身穿皮草大衣,大耳环晃荡,指甲和嘴唇涂得很红。

二十年也是漫长时光,特别在异国他乡,回首往事那就无从说起了。弟弟百感交集地告诉K,自从到纽约,就没有回过上海,因为出不起路费,混得不好不好意思回去。再说回上海除了路费,礼物的钱要花吧,聚会吃饭的钱要花吧,平常这里那里的零花钱要的吧,还要给父母一点钱表示表示吧,里弄里厢的小赤佬多多少少要给一点吧。他都没有,所以回不起。再说他至今还是那一套上海带来的西装,没有脸见人,我们上海人讲究这些的。他说。

K问弟弟,那么想什么日子回上海,一个人回去还是两个人回去。弟弟没有明说,意思是最好不要一个人回去,在外那么多年第一次回去,总要有个交代。

过了几天,K向旅行社定了三张机票给弟弟,让他的女友母女俩跟他一道回上海,女友的父亲留下来看家。为了让弟弟有一套见亲人的像样衣服，以及到上海手头宽裕一些能够请人吃个饭什么的,K另给弟弟三千美金。

这种做法让K的太太非常不开心，说太过分，投桃报李没有这么大的桃，也没有那么小的李。她要是弟弟，会以为K是报仇来的，埋下伏线日后算账。K对她说，你不知道我那时的处境，除了弟弟谁收留我？不要看只是一夜，不要看只是寄放箱子，对我都是滴水之恩！

恩，不在大小多少，在它究竟给人的生活带来什么。而这个“什么”，只有受惠人体会得到。K当时有多难，只他知冷知暖，别人听了再感叹也是感叹。后来K跟晚辈们说到在地铁车站过夜的潦倒，他的口气轻松豪迈，他儿子听了哭出声，说：为什么不带我一道睡地铁？我也要睡地铁！

儿子长大后又给他的同学朋友豪迈地讲他爸爸的故事：知道吗，1985年在42街地铁站，晚上睡着一群流浪汉，My Dad was among them（我爸爸也在中间）。儿子长大去闯荡人生，离开家前给K写了一封信，有这样一句：爸爸，你是我最崇敬的人，现在轮到我出门了，我会像你一样吃苦奋斗。

拿到机票和钱的弟弟，非常激动。他在电话中告诉K，这些日子想到马上能回上海，激动得睡不着，没有想到还能回去。可是他不知道二十年前那个夜晚，K躺在他房间地板上也度过一个不眠之夜。他艰辛光辉的奋斗，是从那片地板上开始的。

弟弟还是忍不住，又给安茜去了电话，说终于可以回上海看看黄浦江了。口气是兴奋自豪，虽然不是他自己的钱，但也是他当年的善心换来的吧？

回到纽约，弟弟又给安茜去电话诉说难忘的乡情，上海这样上海那样，故乡就是故乡。他倒没有忘记跟安茜说，能回上海要谢谢K，当然顺便也谢了安茜，如果不是安茜介绍K找他，一切都不可能。

安茜知道了并没有为弟弟高兴，反而说K太过分了，涌泉相报不是这样涌的，要把人弄坏的，适可而止。

然后弟弟就约K一道吃个饭，表示感谢。吃饭时弟弟问K，他的公司是不是需要人，他想换一个工作，来帮帮K。K跟他解释，公司的活儿没有白领，都是披星戴月的力气活，以弟弟的身骨板子，是吃不消的。

没有多久，弟弟向K借钱，说要再回上海一趟，手头比较紧，能不能过来拿。K二话没有说，给他送过去了。太太知道后更不高兴，说你涌泉相报涌不完啊！他被相报报不完啊？气得跟安茜诉苦。安茜说真不明白这个弟弟怎么这样子。

弟弟的女友突然约K在咖啡店碰头。弟弟跟女友母女回到纽约，就要跟女友分手。他告诉她，在中学同学聚会上遇到了初恋。那种聚会最容易引起青春回想，种种年轻时的朦胧感情顷刻显影，多少现实的障碍看也不看，一下跨过去。初恋女同学可能生活不如意，见到来骏，心潮起伏。来骏跟她讲他还是单身，侬等我回纽约，把事情处理处理就回来，等我噢。

纽约女友跟K说，周来骏哪里有钱回去娶那个女人？他向你借钱的吧？你不能借给他啊，借钱给他就拆散我们了，我们在一起十几年了。

K听了很吃惊。说抱歉，我不知道是这样，但钱我已经借给他了，再说他向我借钱我不能不借的，他对我有恩。

纽约女友忧伤地说，不错，你是报答来骏了，可我现在想想不如不要报答，他有了几个钱就变心了，我们在一起十几年了呀！一直住在我们的房子里，这样好，说走就走了，什么情面都不讲。

弟弟搬出了女友家，究竟去了哪里，有没有跟初恋在一起，再没有消息。弟弟是一只杳然的黄鹤。数年之后，安茜不幸身亡，跟弟弟就彻底断线了。

如果算一笔人情债，K是超额还了弟弟的情。可是弟弟却欠了K的情。弟弟欠的账欠的情，除了他自己的还要加上他对十几年女友的亏欠。

K曾经在巴黎贝甜蛋糕店见到周来骏的前女友，她们母女说说笑笑走进去，把皮草大衣脱下来搭在椅背上，然后坐下说话，她们笑容明朗新鲜，跟周围的人一样恬然享受巴黎贝甜,好像周来骏的走没有留下阴影。

这个浮世,水面上的浮物跟水面下的游弋,是两种不同的流向,历经的风惊浪险只有自己知道。

“滴水之恩,涌泉相报”,是一句多么动人的话,多少人仁至义尽,知恩图报。但也是一句容易让人忘乎所以的话,最怕给出去的是滴水恩,却认为是涌泉恩。人家来报答你,再丰盈的涌泉报,却认为是滴水报。

受惠的人不要忘记滴水之恩，施惠的人不该要求涌泉相报。

财运

他的事传得到处都是，他的大名无人透露。取个代号写起来方便，叫他阿海吧。阿海从广东来纽约，在中餐馆送外卖。此地叫外卖郎，或外送小弟。送外卖是辛苦差事，风里雨里的，底薪很低，全靠客人给小费，给多给少看运气。遇上坏天气就特别辛苦。那些遭遇打劫抢钱的外卖郎，就更是不幸了。不少外卖郎死于非命，被抢的不过十几、几十美元。

中等个子瘦精精的阿海，从不尝试别种差事，专喜骑着电驴送饭菜给客人，在缅街车流中左冲右突很帅气。几年做下来他从没遇到打劫。可人的不幸是各式各样，千般不同。他喉咙里长出一粒东西，疼倒不疼，就是吞咽不便，说话也受影响，很容易累，又沙哑，在餐馆里不像从前有说有笑了。阿海找了个医生检查，医生说里面生了一个小瘤，要切除，不然会长大，长大会怎样难说。阿海想动手术，但一来怕疼，二来怕花钱。外送小弟哪来的医疗保险？看病都要花血汗钱，一张一张数出去，要数好多，算了。但是喉咙不容他算，越来越不好受，越来越不能吞咽。阿海只好去看医生,这笔钱不能省。再说阿海还是单身,日后不能跟老婆说话是不行的。

瘤切除了,却没有日日见好,好在他的工作无须开口,也就耐心等待痊愈。一等等下去,失声了。找医生问,医生说手术嘛,恢复总需要时间的。阿海不高兴这种敷衍的答复,于是找另一个医生检查,医生问他什么情况。他用笔写在纸上说明情况。这位医生检查的结果是:前面那位医生切错了地方,原来的瘤还在,好的这边少了一块肉。

传说总是不很准确的,大家并没有说清楚喉咙的什么地方长了瘤影响说话,其实喉咙有问题对发声是没有什么影响的,应当是声带上生了小结。唱戏的,唱歌的,给学生上课的,声带用得多,不学好发声方法,是容易声带小结的,有了小结音质粗粝沙哑,最后失声,这才对。

阿海的工作不用声带,怎么生了小结?新医生告诉他,只要再做一次手术就行了,手术费当然不菲,不过要是找到律师顾乐思帮他告那个不负责任的医生,这次的手术费就有了下落,还能得到很多赔偿。

在华人中,顾乐思律师事务所很有名。顾乐思是美国人,专为华人打官司,打不赢不收钱,这是最吸引人的地方,谁愿意八字没有一撇,就先付一大笔钱给律师?如果官司失败,之前的钱都是白缴。顾乐思事务所在中文电视上做广告,他本人也亲自做,虽然中文说得一塌糊涂,但非常讨人喜欢,一被喜欢就被信任，一被信任找他打官司的华人就多。

经过再次手术，阿海的声音出来了，不如从前亮，但没有关系，能说话就行。官司打赢了，顾乐思帮他赢到两百多万美金。腰缠万贯的阿海，回到老东家餐馆，继续送外卖，骑着小电驴穿梭在车流中，行云流水。

有一天，一个朋友给阿海电话，请他帮个忙，下班后开车到康涅狄格州的“金神大赌场”接两个女人回纽约，朋友本人因为酒喝多了不能开车。阿海当时还没有下工，能在晚上十一点走出店铺，就算不错了，披星戴月的辛苦，发财的阿海照样吃。他银行账户上有了那么多钱，却还有一颗对朋友热情的心，答应收工后赶去康州。

发动汽车时，阿海没有想到，他的命运正在聚集大变数。

两个摩登女人接到了，坐进后座。她们说是那个喝酒朋友的好朋友。阿海也不多问，他已经工作了一整天，从纽约到康州车程两个多小时，不年轻是撑不下来的。回去还要两个小时。

开上高速公路不久，阿海发现后面有两辆车，忽左忽右尾随在后，他们打着高灯，刺眼的光照在后视镜上，阿海就虚着眼睛开车。前面那辆车，换道时阿海看清是一辆奔驰，稍后一辆就看不清了。他们一抵一地逼上来。起初阿海不确定是跟他逼他，想让过去躲过去。可这俩家伙在高速上飞蛇一样，左一下又一下，十分惊险。奔驰跟阿海的车仅毫发之距，就是不碰擦到车身。后面那辆车紧跟奔驰，从后面逼上来，他们两边夹攻，不知道要拿阿海干什么。阿海左避又闪，摇摇晃晃起来，他神经绷得要断，不知发生了什么，嘴里骂骂咧咧地：Hi you! What you want（想干什么）?

事后阿海在坊间说这事，讲坐在后面的两个女人尖声喊：快停车！是那个家伙！要出事啦！要出事啦！停啊你！

阿海不然是不一定刹车的，后面生死呼喊让他方寸大乱，他本来就不知道接的什么人，一旦知道有人在高速上是有意把他往死里逼，性格温和的阿海顿时失去了自制力。而且女人一喊，加速了他的崩溃，知道避是避不开的，要反击了。他立刻一时加速，一时换道，一时放慢速度想让奔驰车过去，但这辆车就是下了决心要把他逼到边道掀翻。奔驰开着开着来了劲儿，戏弄起阿海，本来在他前面的，却又放慢速度让阿海朝前冲，弄乱他的头脑，让他自找死路。这场跟踪追击像特技表演，高速公路上险象环生。

阿海身边放着半凉的咖啡，手上夹着提神的香烟，也不能让他忙碌了十四个小时的倦怠稍有减轻。这种情状下的人是很容易发火的，开车的人一火就出事。猛一个急刹车，阿海想让挑衅的车辆快速闪到旁边去超越他，冲到前头去，不管怎样，翻掉也行。没有想到他这一刹，害了后面急速驶来的奔驰，正在兴头上的奔驰司机没有想到阿海来这一手，反应不过来了，飙直了朝前开，来不及转到旁边车道，“嘭”一声惊天动地，撞上阿海的车。开奔驰的司机当场死掉，坐在后面的两个女人也当场死掉。

稍后跟着的车，飞速超过事故车辆，冲到前头去，刺啦刺啦、轮胎擦着高速路面，火花闪闪亮，车在前头猛然停住，就地一个U转，也不管那是高速，最容易翻车和撞车。开车人调转车头回来，刹在阿海的烂车边上，使劲儿拉车门，把吓傻了的阿海拖出车子。

路上很多车自动停下来，亮着尾灯，警示后面来车减速，减速，减速！根据目击者后来的证词，他们都以为这个人是回头去帮忙救阿海的。不料那人却抡起拳头拼命揍阿海。阿海头脸都是血，昏头昏脑魂飞魄散，躺在地上捂着头挨打。过路的好几辆车停下来，拨打911，警察飞速赶到。现场惨不忍睹。公路封锁起来，几辆救命车呜呜赶到，警车参差排开，警灯嚓嚓地回旋闪耀，照亮一塌糊涂的出事地段。十几个警察一边指挥处理现场，一边询问阿海和打阿海的男人。

救命车把阿海送到医院，包包扎扎，量个血压心跳，无一不正常。那么大的车祸，他毫发无损。

阿海和打他的人都被抓到警局询问。阿海磕磕巴巴说出那个叫他接人的朋友的手机号码。要警察去问他，他不知道后面的女人是什么人。

康州警察立即与纽约警察联系，找到喝酒朋友问话。醉酒的朋友真是阿海的朋友，只是要阿海去接人时，没有对阿海说接什么人。那两个女人是性工作者，是陪人到金神赌场去玩的，恩客在赌城开了房间，一边赌钱一边玩。不知道为什么，后来跟两个女人翻了脸，女人不愿意陪下去，就给阿海的朋友电话，说“马上回纽约！”朋友正喝在兴头上，再怎样豪爽也不能开车，于是求到阿海。阿海一无所知，够朋友，收了工就去接人。一路上彼此交谈说话也不晓得她们是做皮肉生意的，直到警察问了个底朝天，阿海才如梦初醒。

女人是从东北到纽约来的，生活无着，于是卖身。这个挑衅车车主跟她们也不是第一次，彼此熟客，后来为钱翻脸吵起来。女人说走就走，男人很生气，跟在她们后面到赌场外看，一看就看到有个蛮年轻的小男人去接她们，以为女人临场变心，就起心报复。他叫了一个跟他一起在赌场玩的朋友，要他跟他飙车治一治这个不起眼的家伙，干瘦成那样还想撬他的墙角！两个女人竟还跟着他走！他们说好一路飙车跟踪，一抵一逼阿海停车，直到逼停他在高速上，拖出来教训教训。

结果，阿海好好的，女人死了，奔驰车车主也死了。

警察起初还要查阿海，当他也是嫖客，而且是一石两鸟的嫖客。阿海赔了车子又受惊，伤虽不重毕竟也是伤了，还被当成嫖客，很不爽。但他英文不行，结结巴巴说不清。警察找到说中文的人，说来说去盘问不止，在多方盘诘和洗刷中，终于还给阿海清白。那时天已大亮。一个疲倦的夜晚，恐怖的夜晚，终生难忘的夜晚。

阿海被放，肇事车主被抓法办。

阿海受到巨大惊吓，一时不上班送外卖。三个人死在他眼前，自己也是差点魂归离恨天。于是他又去找顾乐思律师，七绕八绕说了大半天，翻译一边翻译一边瞪大眼睛，不敢相信阿海说的是亲历。顾乐思一听就明白这不是编的，这样的车祸他处理得多了，细节真假一听就明白，于是兴奋地接下这个案子，鼎力帮阿海。这一下，顾乐思又打赢了打官司，大获全胜，三方都赔阿海：

一、阿海自己的保险公司。

二、肇事者车主的保险公司。

三、奔驰车车主的保险公司。

阿海一下子拿到两千多万美金的赔偿。

拿到巨款的阿海，仍旧回餐馆送外卖。周围的人都说他抠，他不在乎。人总要干活吧，再说他还有个身份问题，身份问题不解决，在美国终不是长久之计。现在阿海有了钱就不怕了，办个假结婚，拿到了绿卡。

拿到绿卡之后，阿海到美西糕饼店去找老板娘。当年美西的老板娘S小瞧阿海，在一道吃喝打牌时也还是瞧他不起，觉得阿海靠打工是办不成身份的，靠假结婚？那也是不可能，现在假结婚不是件轻易的事，移民局问得很仔细，从对方的穿着包括内裤，到吃饭用筷子多还是勺子还是叉子，喜欢喝汤还是吃米饭或者面条，爱咸爱淡？有什么体貌特征，包括明显的痦子和痣，如果有刺青也是要问的。种类繁多出其不意，弄不好就被遣送出境。S认为阿海那种小样的男人，是没有女人会真的跟他上床的，不真上床，细节从哪里来？靠死记硬背是要露馅的。阿海不服气，跟她打赌，说要是哪天他真的拿到绿卡怎么说？S爽快地说：我给你买来回机票回去探亲。

这天，阿海走进美西糕饼店，坐下来跟S说话。不开口就是笑，S看他喜气洋洋的，就问他有什么好事。阿海说，兑现吧，去买来回机票给我啦！

S不相信阿海真的拿到了绿卡。但有着阿海照片的绿卡磕在小桌上，不由得S不信了。后来有些朋友说，阿海这个人真是的，两次官司都拿到两千三百万美金了，除去律师费，也是天文数字，还要人家做小生意的S给他买机票，做得出来！

S真买了张机票给阿海。阿海光宗耀祖回了趟老家，有没有跟家人说起自己在纽约的“否极泰来、因祸得福”？没有人知道。

阿海应当不会认为他是泰来的，好喉咙给切掉一部分了，什么泰？更不会认为他是得福，三条人命的事情，独他幸存，什么福？祸福相依，这句话，都要记牢才是。大家只知道阿海从上海回来之后，还在餐馆做事，送外卖。

这是几年前的事了，人生变化不由人算，也许后来阿海的命运发生了很大的变数，拿到几千万美元的赔偿而一直送外卖，似乎是不合逻辑的。但在那之后不短的时间里，仍旧送外卖，这是他的大智慧。

身在海外，初始有点像刘姥姥进大观园，不可多说一句话，不可多走一步路。阿海没有多说一句话赢了三百万；没有多走一步路赢了两千万。真是人不可貌相，海水不可斗量。

恩人何贝卡

J忽然腰疼，疼到不能起床。到医院检查，诊断为尾骨骨折，医生说这个关系不大，好好休息多躺几天就能自我修复。为什么突然腰疼？每年一度中央公园有马拉松比赛，J把四岁的儿子扛在肩上，驮着看热闹。驮着儿子，滑了一跤，摔在小山的斜草坡上，儿子骨头软，一爬就爬起来，J就躺下了。

尾骨骨折究竟怎么回事，J夫妻俩没有多问。那时年轻，很多事情马虎，特别是身体的问题，都是随便吃两片药就算了。主要也是没有钱看病。在美国看病，看牙，除非你享受医疗保险，一般付不起。他们是留学生，不买医保的。

躺着不见好，反而越来越疼，有时深夜或者黎明，厉声惨叫。J甚至想到一死了之，不能站起来不能走路，活着有什么意思？

同学朋友纷纷探望。除了送一张慰问卡加苹果，就是坐在地板上默默陪一会儿。坐在地板上是因为J家里没有床。从外面捡回来的席梦思垫子，地板上一放当然就是床。医生开的药是止痛药，说每天疼了就吃，吃到差不多的时候就好了。可是怎么吃都不见好。都是J妻和儿子撑着他起床，做必需的事情，十分辛苦，万念俱灰，这样在美国要熬下去简直不能想，什么学位，什么前途，都是海市蜃楼。

同学正亮临走时跟送他出门的J妻说，这时候是最难的时候，你可不能离开他，夫妻一场。她说你怎么会想到这里的？

同学没有说话。男人要是瘫痪，大约是留不住女人的。

J妻说，不会的。

又去了另一家医院，找专科医生检查。那时J和妻子都在大学打工，工作属工会组织，受工会保护，工会跟校方有严格合同，不能随便解雇，每三年涨一次薪水，最宝贵的是有医疗保险，百分之一百报销，生病期间还有百分之七十的工资拿。但这是后来才知道的，当妻子陪着J去医院时，眼前一片漆黑，不管要多少钱先看了再说，看了付不出钱也再说。

走是不可能走到医院了，连上出租车都费了不知道多大劲。开车的甚至不耐烦，说你们能不能快点，这点时间我都开过十几条街啦！妻子本来心急，对开车的叫起来：Shut up（闭嘴）！

医院是哥伦比亚大学医院。医生是骨科专家，他自己开私人诊所，同时是哥大签约医生，哥大医院有手术请他去做，平常他在私人诊所看病，收入极丰。医生走进诊疗室。他四十岁不到，很帅很大牌。他目光锐利地看看拄着拐杖撑在那里等他的J，J脸色惨白，额上有细密的雾汗。

医生第一句是：你能不能走到扫描室去？

J不置可否。J妻说他根本走不动，疼得要命。医生说，尽量走，能走几步走几步。语气坚决而无情。

J艰难地挪动步子，J妻扶着他，医生跟着后面。核磁造影扫描室里摆着精密仪器，中间放一张病床，病人就躺在上面被扫描检查。医生要J躺上床去。J没有作声。J妻知道他要把身体放低躺下，会痛死，或者说根本做不到。J妻要过去扶他，给他一点支撑的力量，让他慢慢躺下。医生一把拦住她，说，让他自己躺。J放下拐杖，偏着身子一手撑在床沿，慢慢把身体降低，停一停，把腰身放直一点，人再一点一点放矮，屁股一侧挨着了床，挪进去一点，挪进去一点。躺上床那么简单一件事，辛苦了十分钟。J妻背脊上流汗，流到腰际，不忍看那一幕，要过去帮他，几次都被医生一把阻拦，他无情的声音在扫描室响着：再低一点，低一点！侧过去一点，再侧一点！好，慢慢躺下去，不行就歇一歇。

可是一个腰椎坏了的人，是完全不可能在动作中途改变体位的。医生难道不明白？但他就是坚持要J转动身体。J衣服湿透，终于躺到床上。医生吩咐助理开始扫描。

墙上有白色银幕，嚓！一张腰椎的彩色图像出现在屏幕上。医生不断发出指令：Up！ Down！ Enlarge！ To the left！

Right！ Enlarge(上！下！左边！右边！放大)！

不断放大局部，放大，再放大，层层扫描，定位，再扫描，定位。三十年前，那样的扫描技术让J妻目瞪口呆，像看电影近镜头。十分钟过去，医生说：停！

他敞开白大褂，对躺在床上的J说：你的病历上写着尾椎骨折，谁诊断的？你是腰间盘粉碎性突出，已经有一点碰到神经了，所以你痛得不能动！要是再晚几天来，突出的椎间盘整个压迫神经，你就瘫痪了，现在你要动手术，越快越好，一天都不能耽误！

他说完看看J妻。大家都不说话。他们刚到美国两年，医院的门都不敢进，哪里想得到做那么大的腰椎手术？但是不做只有瘫痪。

医生跟助手说，Tomorrow(明天)，安排明天手术。

Tomorrow？助理问。

Yes, am I clear？ Tomorrow(对，我没说清楚吗？明天)。

这个明天是圣诞节前夜。圣诞夜是美国最重要的团圆夜。公司早早关门，商场灯火通明。赶往外地的人两周前就订了机票、船票和长途车票。

助理问医生：你不是明天下了班就离开纽约去过圣诞吗？

医生说：明天手术！

转而对J妻说，医院床位不够，你们今天回去，明天早上十点动手术。

J妻的眼泪夺眶而出。

第二天的手术做了六个小时。推出来的时候，J面呈白蜡色，昏沉沉像个死人。医生一边摘沾血的手套一边跟在移动床后面，告诉J妻手术很好，他没有问题了，以后几天听护士的，会有人好好照顾他，你不用天天守在医院。

他脱下雪白的外罩和雪白的帽子，摘掉口罩，露出英俊面庞。他低声叮嘱当班护士要这样那样，然后俯身细细观察J，点点头，大步流星走出医院长廊，去赶飞机。医生是南美移民，难怪那么帅。

十多年前，J和J妻跟我讲到他们的留学故事，讲动手术这件事。我看到J妻眼中的泪光。十多年来，我一个字都没有忘记。这位骨科医生好像就在眼前。虽然这是我同学的经历，但仿佛就是我的经历。我跟他们核对了一些细节，他们的记忆全不褪色，复述出来的跟十几年前的讲述，完全一致。

J说你要是写到他，一定要写一下这个医生的医德，对病人的深切关注。他手术的高超，在于J自手术后，从未旧疾复发，此后健步如飞，抬重物，开车，样样做得来。而据很多腰椎出问题的人说，这种病无非两种疗法，一是用保守疗法，吃药推拿扎针，那么就会时常发作，发作的时候等于废人;二是动手术,手术成功的几率相当不高,做得不好能维持原状是病人的福分,有人因此瘫痪。

J回忆说手术做完后,他躺在手术室床上,意识有一些恢复,觉得很难受,那根插在气管里的呼吸器使他要吐,喉管还有点刺痛,但他说不出话来,只能用手指无力地敲床。但那也是自己觉得是在敲,其实很难指挥手指,很可能你认为在动,事实上没有动。

所以他费了很大力气做的东西,其实很微弱,因为久久没有人应答他。他很难过,要憋死了,但没有人知道他的感受。

不一会儿,有一个人看到了他的诉求,那就是主刀医生,他马上对几个护士说,看看病人!他不舒服了,可以把呼吸器的管子拔出来了。他的声音在J听来,很遥远,像天上发出来的。过了一阵子,管子还在喉咙里,J更加难受,又敲床边,医生这次发火了,提高了声音对护士喊:刚才我说什么了,病人有意识了,有意识就要让他自主呼吸,术后要特别关心病人的反应和心理!马上拔掉!

管子拔掉以后,J立刻沉沉睡着。他出来时J妻看到的就是昏睡过去的J。而这件事,过了二十来年J才感慨万分地对我们说起发生在手术室里的事。

医生走出手术室,J妻衷心对他说了一句话:Thank you!

他点点头,连不用谢都没有说,迈着大步匆匆走出医院赶赴机场,去过圣诞节了。

遵照他的嘱咐,护士在手术后第二天,就要J站起来,拄着助步器在病房走,能走几步是几步,就是不让躺在床上。妻子问能不能过几天再起来走?他说,走,我能走,是医生说的,他说的一定要做。

想到之前他要J自己走到扫描室,自己躺到病床上,想到他镇静无情的声调,想到他即刻安排次日的手术,想到他做完手术迅速离开医院的背影,J妻明白了为什么必须遵照他的嘱咐做术后恢复。

出院的时候,J妻问到了医生的名字,何贝卡。

是何贝卡医生救了J,把他们一家在岌岌可危的边缘拉回来。而他们根本不认识他,只是他的一个病人,也没有送给他任何礼物,甚至连圣诞卡都来不及准备。

此后,他们再没有见过恩人何贝卡。但他们一直铭记这位医生。在最关键的时刻遇到他,不能不说这是上天的仁慈。若不是何贝卡医生当机立断,他们今天的一切都是不可能的。我的这本书中也将少了一个令人肃然起敬的人物。

每个人的一生,都可能遇到魔鬼,也可能遇到天使。当天使降临的时候,无论白天黑夜,都光明普照。

海外一座桥

江苏同乡会会长周先生，祖籍沭阳，早年到纽约，老华侨了。我祖籍江阴，与周先生是同乡，苏北苏南都在江苏。

回国探亲，跟江苏海外联谊会的朋友聊天，他给我一张名片，上面的人就是会长周先生。我很少参加社团活动，不知道在纽约有这样一个同乡会。朋友把名片给了我，建议我找找周先生，都在海外，都是同乡。

参加的第一个活动，在曼哈顿的"万寿宫"中餐馆，是为欢送常驻联合国官员回国述职。在"万寿宫"第一次见到周先生。周先生本人比他的声音显老，听声音是中年人，看人是老者，但精力充沛。以后几年我才发现，充沛来自热情，热情来自一颗心，跟体质并无直接关系。

周先生穿西服，上装略长，走路摇摆着，沭阳口音浓重，离开故乡几十年还是那乡音。大概只有老华侨才会终生说着家乡话。

参加酒会的人多，他热情地跟我握了手，请我就坐。

那次活动，与会者每人出五十美元。这种色彩的聚餐会采取AA制付款，我从来没有经历过，但觉得很好。一个同乡会，既不是金融机构，也没有投资方，哪来的经费？后来才知道，还有一种方式付款，周先生指定几个经商成功的热心会员买单。那些成功的老板都买周先生的账，也都热爱故乡，希望有机会去江苏投资。

我在会上还碰到做经贸的中学同学，南外英语系毕业的。她一下认出我并叫出我名字，问我是不是记得她名字。我停顿片刻，叫出她名字。我们都在琅琊路小学读书，毕业后她去南外，我去宁海，没有见过。

同桌的还有领事馆副总领事，以及州政府和市政府的代表。我以为同乡会只是个小小的民间组织，草台班子。真是错了。这样的同乡会，是中国在海外的延伸，一座跨海桥。国家领导人访问纽约，一定接见侨领们，吃饭，合影，登报。

酒会上周先生到处张罗，四周巡视，一个不能疏忽，台上台下看着盯着，要跟老客打招呼安排座位，还跟饭店协调，从上菜斟酒直到散场，事无巨细。他致辞欢迎欢送，那口沭阳话说来常让我们大笑，是个天生的领导角色。一场酒宴结束，他还要安排把吃不完的菜肴打包，让人分别带走，谁带谁不带，都有讲究。我不时要他坐下来吃饭，他挥一挥手说你安心吃，我这里多少事忙呢。

几次聚会后，发现这个会长不容易，单说欢迎横幅，我在纽约多年没有见到了，大红布幅上黄纸剪出字来，一一贴上去，挂起来。这种事情会长要找人来做。纽约是个大刀阔斧的城市，这样的事情就像练字，蝇头小楷。更不要说根据到访团的级别，决定要不要送鲜花，酒宴请哪些人参加，哪些人坚决不许进，谁谁谁发言致辞，都再三斟酌。有时前往机场迎送，其间到下榻的酒店探望，送去鲜花问寒问暖，掏心掏肺。

老周每去江苏，有关方面热情迎送。这一点是老周的资本，整个同乡会，只有他到江苏有人接送，别人想见哪方面的人，要他从中联系介绍，苏锡常的投资环境，周先生非常熟悉。所以他跟我开玩笑，说你这个南京人真不如我。

那些年，同乡会会员上岁数的台湾人多，后来大陆开放崛起，同乡会就需要新会员了，最好是大陆过来读学位的，做大生意的。但年轻会员都在拼事业，平常要上班，只在餐会时到。所以周先生每次都要找不同的人去做会前准备，谁有空谁过去。这跟国内不一样，国内是专事有专人负责，这里是业余的人做专业的事。我佩服周先生。

跟周先生渐渐熟悉起来，说话体己也随便。可是在担纲付款这方面，他很照顾我，除了那次欢送归国述职的联合团官员，我出了我的份子，此后的Party都不向我要钱，即便我主动要求出一次，负担部分，还是不要。在周先生看来，女人在纽约挣生活更加不易，不管有钱没有钱，都不摊派女人。老派男人大概都这样。

我和周先生偶然也通电话，为新闻时政说说想法，主要是他讲，他口才极好，对国内的情况了解十分透彻。我都基本听他讲。老乡的口音，老乡的情怀。

忽然周先生要约我喝茶或者咖啡，说跟我谈谈。我建议就在法拉盛喜来登饭店，大堂有一个酒吧，也煮咖啡，安静。酒保听他英语发音不太准确，故意问好几次要不要奶，要不要糖，有些不太和善。我都不高兴了，周先生好像根本没有听见。他是老纽约，什么场面没见过？歧视，在他看来是纽约最平常不过的社会现象。

我们坐在小圆桌旁，一人一杯清咖啡，旁边摆一大盘奶精和糖包。大门外是熙熙攘攘的纽约浮世，桌边坐着江苏老乡，不太熟悉却很近。听周先生说话，就像在南京，忘记这里是纽约，直到听见有人说英语，转头看到前台小姐在给客人登记入住，才恍然返回纽约。

周先生早年从中国台湾到美国纽约，一直做生意，上了岁数便把生意关掉，专心做同乡会。我问他同乡会赚钱不赚钱。他说，赚个鬼。若有活动，他能找人出钱，为什么啊？大小姐在纽约是不是不接触人啊？怎么这些事都不晓得？这三十年中国发展那个快！多少人要去中国找项目，找关系，投资，他们在那边不认识人，找哪个？我就要给他们介绍人，张罗回去看看，他们出钱是应该的，人家在那边接待他们，他们在这边不该接待人家？周先生分析了典型的中国式人际关系，在美国一样合情合理。

周先生叫我大小姐，是有原因的，我父母都是新四军的，他了解这个背景，因此叫我大小姐。这种叫法在民国时比较多，台湾也多，纽约的台湾人同样沿袭了这种风俗。但在中国大陆很少这样叫的。不过我蛮喜欢听周先生叫我大小姐。

有次接到周先生电话，他刚从苏北回来，告诉我他在淮阴参观了新四军纪念馆，说：大小姐啊，我看到你父亲大人的照片啦！他是不是新四军军部教导员啊？了不得！

他的感情，他的激动，始终鲜活在我的记忆里。

二十世纪七十年代周先生开始为中美友好奔走。那时两国关系还在冷战中，普通美国人对中国所知甚少。所知的是好莱坞片中的李小龙，拳打脚踢；不然就是长袍马褂或者短打，在唐人街走着的唐人，看上去不舒服；要是女人呢，如果不是青楼女子，就是坐在街边摆摊，手里一把蒲扇赶蚊蝇的旧式女人。后来根据女作家谭恩美小说《喜福会》改编的电影，里面的中国女人就不是一回事了，不过母亲辈的女人还都是民国风采。

那时极少有华人敢公开对中国表示友好，所以周先生经常被跟踪，FBI 和 CIA（联邦调查局，中情局）还会无端敲响他家门，查看他的证件，盘问他最近做了些什么事情。七十年代我们在“文化大革命”，根本顾不上反对美国。

美国不是有自由吗？周先生说：鬼的自由，鬼的民主！问他怕不怕。他大声说：怕个鬼！我才不怕，他们能把我怎么样？暗杀我？我从台湾过来，什么都不怕，我觉得共产党能把中国搞好，不怕跟踪，怎么样呢，看看现在？

我说现在不会有人跟踪你了吧。他说：跟啊，我还巴不得他们来跟！不跟了！口气中颇有点失望。直到今天我想起那天的谈话，还是觉得趣味盎然，充满历史的浩瀚变数。

然后他开始说同乡会的建设，从前很多会员学历不够高，英文不够好，年纪也大了，他希望多一些高学历的江苏人，参加进来，提高协会水准。而他年事已高，希望找到能接他班的人，问我愿意不愿意多承担一些事务。

不要小看同乡会的会长，这样的职位，在很多民间联谊会中，也会争的。周会长主动让贤，就是为了把友好协会办好。

我答应尽量参加有关欢迎酒会，也愿意出钱赞助，但是不要太多。周先生轻松又高兴，说那么随便你，钱你不用操心，有人出，有事我给你电话。

后来的活动，碰到好些经商有成的江苏人，他们对同乡会举办的活动，都很热情。每次接待过后，华文报纸的社区新闻都会报道，并有照片。其中有给美国超级连锁店供应成衣的服装业成功人士；有在纽约有名的西奈山医院工作的医生、大房地产商、酒店老板，还有银行家；更有不少回国投资发展、卓越有成的同乡。周先生就是这些人的领袖，他指挥得动这些少壮派。没有阅历和资历，指挥不动。当然，完全可以说同乡会的成功，就是靠他的献身精神，他的阅历和资历。

而周先生除了在纽约安排这类活动，还积极帮助在江苏投资的商人，亲自前往奔波联络，后来促成好几桩合作项目，数额很大。

我跟周先生的联系时断时续，也不是每一次活动都参加。汶川地震发生后，报上和电视上又见到了周先生。他组织同乡会会员捐款，带领一些会员亲自送支票到纽约总领馆。根据统计，纽约华人的赈灾捐款，数目之大，破华人对中国赈灾捐款纪录。其中很多的赈灾活动，就是周先生这样的老华侨组织起来的，他们似乎比我对故乡更有感情。也许我可以随时回去，他们却是弯弯曲曲走了很长的路，做了多少关山难至的梦，才回到故土看看。来之不易。

周先生退居二线，不当会长了，后来协会的事情我也渐渐生疏，专注于其他事情。

有时一个人能改变大局面，对于江苏同乡会来说，周先生当会长的时代是黄金时代。

再记：

这篇文章写好正是美国2015年的感恩节。我去哥大同学家过节，忽然接到一个电话，是周会长打来的。我们有三年没联系了。老周说，大小姐啊，记得我吗？我说老周啊周会长！你怎么会给我电话的？

他要我第二天参加一个酒会，新旧会长交接，并请江苏来美留学的孩子们，一道过感恩节。请辞的徐家树会长刚出任纽约华商会会长，忙不过来，于是推荐朱瑞凯先生接任会长。老周说抱歉啊，临时通知你，不礼貌了，我忙得头晕，不要介意。我说不介意，你一句话，我明天准到。

在法拉盛的飞越皇后牡丹厅聚会。老周还是精神抖擞，走来走去指挥着。看到我叫一声大小姐，几年没有见啦？还是那样子，好！来，坐主桌，跟新老会长一桌。

舞台上的横幅这样写：

美东地区

中国：江苏－台湾留学人员第五届感恩节联欢宴会

新旧任会长交接仪式

美国江苏友好协会

我第一次参加感恩节联欢，是几年前的事。今年感恩节聚会都是第五届了！最显著的变化可从横幅上看出，这个协会已经是江苏和台湾两岸侨胞的同乡会了。

周会长拿着话筒站在横幅下大声说:各位!各位!衣服不要挂在椅背上哦!我们这是很有档次的聚会,把大衣都给我挂到衣帽架去!新老会长,过来过来!徐家树!朱瑞凯!两个人过来,合影交接!你,对就是你,把协会的印递过来,马上交接一下!怎么说话这么费劲啊。

到会的人哄堂大笑!喜气洋洋把大衣拎到远处衣帽架去。两位前后任会长朝周会长走去。记者拥过去,镁光灯打开,相机举起来。

会长老周,当了三十年会长,被推举为永久会长。老周说,最初创办这个协会,我找的是袁家骝和吴健雄!袁家骝说考虑考虑,后来答应当顾问,袁家骝什么人?吴健雄什么人?几年前吴健雄过世,南京东南大学给她办纪念馆,专门请我过去的,到了南京,省委书记问我怎么才回去一个月就又来了?我跟他说,你去问东南大学就知道了。我和吴健雄夫妻是这个友好协会的创始人啊,现在他们都去世了,就剩我一个啦!现在,各位记住我说的话,以后我会给每一任会长帮好忙,比我当会长还要认真,有跑腿的事情尽管跟我说!

这段历史我第一次知道,原来我们江苏友好协会的创始人,除了老周还有著名的物理学家袁家骝和吴健雄。袁家骝是袁世凯的孙子,父亲是京城四公子之一袁克文。吴健雄被称为中国的居里夫人。他们协同周先生,创立了江苏友好协会。

看着年迈的周会长，我开始理解为什么他对友好协会如此有感情,如此舍得自己的时间和精力。桥,用久了会老,桥底的水长流。所以会长筹划江苏留学生的种种聚会。在我们的聚会中,能看到很多年轻有为的脸,也许日后他们是袁家骝,是吴健雄,是周会长。

分手时老周拉着我的手:大小姐,好几年没有来参加感恩节聚餐了,明年感恩节一定还要来!

一定!

爱国

到纽约前，有个中学同学介绍一人给我，潘先生。他说你有困难可以去找他。不光可以找，还希望我能帮他跟潘先生谈一桩生意——从美国往中国出口香烟过滤嘴，他付钱买进。同学说，这事是有可能办成的，现在哪个不想朝中国卖东西？

我没有做过生意，不知道这个生意怎么做，听了半天不懂。同学就说其他你不用多管，找到潘先生讲给他听，他懂。于是给我一份没有公证的委托书，出自那家要买过滤嘴的中国烟草公司。还说，假如我跟潘先生能做成生意，可从中得到佣金，刚到美国的窘迫就会好多了。

带着委托书和潘先生的号码，到了纽约。开始没有找他，怕碰钉子，因为凭自己努力到处找工作，已经碰了不少钉子，你就是一块炼好的钢，放久了也就废了。

电话中，潘先生听是周Sir介绍的，很热情，说欢迎欢迎，找个日子大家聚聚。不久之后我们去了他家。那时认为请人在家吃饭是小气，不知请人在家吃饭其实规格最高。

潘先生个头矮，身板方正结实，手小，讲话声音洪亮，热情爽朗，他太太也娇小，笑眯眯的面容。吃的是火锅。铺着台布的桌上，火锅料都是细细的一小盘一小盘装着，黄的白的绿的红的，搭配精致讲究。佐料是我从来没有吃过的台湾特制沙茶酱。其他佐料也都漂亮，芫荽、蒜泥、炸红椒丁、姜丝，让人馋。

饭前寒暄一阵，好像我们早就认识，这是因为我的同学。同学父亲是省里高官，在潘先生那里有分量。不久前周先生到美国访问，经人介绍认识了潘先生，谈过合作。二十世纪八十年代初做生意，就是凭关系，关系本身就是生意。还有人单凭介绍关系拿佣金的。

潘先生喜欢喝啤酒，不停地喝，说幸会幸会，喝！幸会幸会，喝！喝到不知到多少瓶了，潘太太缓缓站起来阻止他。潘先生不听，说今天高兴，周先生的朋友来啦，喝个够！潘太太抱怨地说，他血压高，每天早上起来第一件事，就是喝啤酒，说是冲淡血浓度，降低血压。

几瓶下去，潘先生打开话匣子。他的身世远比同学介绍得深远很多。刚到纽约还没有迈出几步，就明白这是一个老虎很多的山。

他父亲潘佑强先生是黄埔一期的毕业生，国民革命军中将。潘先生最记得很小时候，父亲曾任蒋介石身边参议。潘先生描述一段少时记忆：有一次军队操练，他跟父亲去观礼，蒋介石那次也去了，看到年少的潘先生，摸着他的头问，这是谁家的孩子啊？多大年纪啦？

潘先生一直忘不了那件事，说蒋先生很有风度，很和气。

潘先生长大后到了美国读书，然后就在纽约做事。他有个宝成集团，任董事长，做进出口贸易。但潘先生最热心的还有一桩事业，促进海峡两岸统一，国共合作。他和一些来自台湾的同道好友，正筹备在纽约成立统一中国大同盟。他的宏图大略，当时在我听来是天方夜谭，我看到的美国一寸一寸的，找工作，挣钱，以图日后可以读书。

潘先生赞美我们到美国来读书，争取学位，是了不起的，刚开始一定是困难的，困难一定会过去的。他听说我过去唱歌，就说，嗨，我有个朋友开饭店，晚上好像请人唱歌的，按小时付钱，你要是愿意，我给你引荐一下，去试试？不过你这身衣服要换一换，唱歌嘛。

我没有说话，不想去饭店唱歌。

进口香烟过滤嘴的事，说了，委托书也给了潘先生。后来我也没有过问，潘先生做过一些尝试，后来也就算了。我没指望一到美国，就能做生意挣大钱，还是一份工一份工打，一分钱一分钱挣踏实。

1986年底或者1987年初，潘先生电话与我联系，说他们要在容闳小学，举办成立统一中国大同盟开幕式，问我能不能为他们当司仪。他说我的普通话说得好，声音也好。我一口答应。

从不多的行头中，我挑了件南京带来的白毛衣，戴紫水晶项链，裙子是初到纽约住地下室时，房东阿花送我的，绿黑尼格子，厚而暖和，再好的行头我也没有了。潘先生交代我穿着稍微讲究一点，稍微要化一点妆，开幕仪式要做录像，最后会送到北京有关方面。

容闳小学在唐人街，靠近孔子大厦旁的林则徐铜像，这座生源多数为华裔的小学，是为纪念美国第一个中国留学生容闳创办的，是所著名小学校。礼堂不大，冬天逢上寒假，越加冷清，冷清就显得空阔整洁。台上挂着横幅，“庆祝纽约统一中国大同盟成立大会”，几个祝贺花篮摆在台子两边。观众席的前排已经坐着潘先生夫妻，看到我们进去，站起来迎，他们笑眯眯的，兴奋之中有些紧张，问我准备得怎么样，不要紧张，放松念开幕词。我表示不紧张，其实当然紧张。除他们俩，前排和后面几排稀疏坐着十来个人。我猜想那是时间还没有到，稍后一定会济济一堂，统一中国，又是大同盟，是一个盛会。

不料基本就是那么些人，让我不太习惯，中国什么活动都是人海战术，哪有统一中国大同盟这么大名号的活动，只有二十人不到的？而且礼堂开放，随进随出。

潘先生见我狐疑，走过去跟站在讲台后面的我说，这是为了录像，我们没有邀请很多人，一会儿就可以开始了。

人是少，仪式却庄严正式。大家首先起立，会长潘先生宣布大同盟今天成立，并且致开幕词。潘先生具体说什么，我已经不记得了，大意都是两岸统一，同胞一心。他的讲演热切而有感召力，精气神旺，有一种干大事的气魄。面对摄影镜头，他一点儿不紧张，我也不紧张。我偶尔扫视礼堂后面的门，不时看到有人进去，站在那里看。他们为什么不找个位子坐下来好好听呢？

宣读宣言时，我有些激动。摄像机对着我不断地拍，我努力拿足跟潘先生匹配的气度念开幕词，心里想，这是要送到北京去的。

随后还有几个人讲话，表示祝贺，表示决心。时间都不是很长。结束后，我分别跟潘先生、潘夫人一一合影留念。我希望潘先生能给我一盘录像带留作纪念。

潘先生表扬我做得好，一点儿差错没有出。表扬的话没有说几句，突然他好像看到了什么熟人，跟我讲不要离开，等一会儿大家一起吃个饭，我去去就来。

在他去去还没有来的时间里，我走到礼堂外面的走廊上。

一个美国摄影师朝我走去，英语问我：Hi Miss，你是不是电影演员？我说不是的。他说：你的声音很好听。我说，谢谢。他说他是摄影师，来为这个会拍照。我说：Really？ 他又问我：我想为你拍一些照片，不知你同意不同意。我问他为什么，刚才大会上你不是已经拍过了吗？他说我也为一些影视经纪公司推荐演员，我给你拍一组照片，拿去给他们看看，也许会有人要。他要我靠墙站着不要动，相机一百八十度移动，我盯着镜头看就行。于是我呆滞而木然，把一成不变的表情送进他的镜头。

拍完了，摄影师对我说谢谢，并要了我的电话号码，说如果有好消息，会给我电话。

接着，又一个年轻男人走到我身边，用闽南话客气地问：小姐贵姓？小姐哪里来？我有问必答地回答了他。男人就说，那么说来小姐是刚从大陆到的纽约？

我说，是的。

那么说，小姐是第一次参加这个活动？

我说，是的。

那么小姐是怎么认识潘先生的？

我说，你问这个干什么？你也是来参加成立大会的吗？

他说，是的，小姐，请问能把你的电话号码给我吗？

我问，为什么呢？

他说，以后保持联系啊。

我说为什么跟你保持联系呢？我又不认识你，我跟潘先生有联系，你可以找他，他能联系我。

他说，我们现在不就认识了吗？认识你很高兴噢，小姐。

还没有来得及答话，就见潘先生疾步朝我走去，盯着慌忙离去的男人问我：那是什么人？找你说什么？我说我不认识他,他过来问我是干什么的,住在哪里并且要我的电话号码。潘先生紧迫问我:你给他没有?我说,没有来得及。潘先生把我拉到一边,双眼四下打量,压低声音说:你千万不要跟生人讲话,他们都是台湾来的特务,反对统一,盯我已经很多年了。

我浑身一冷,没有想到会有特务跟我讲话,而且是在纽约。潘先生见我神色紧张,又来安慰:他们见你是新人,就来查你,你要是告诉他们住址和电话,他们会跟踪你,千万不要跟陌生人多话,纽约很复杂的。

我突然对那位摄影师也起了疑心,也许他也是特务,美国特务,FBI 或者CIA的?专门跟踪与中国政府交好的旅美华人?于是说给潘先生听,说我的形象都在他机子里了,要不要请他洗掉?

潘先生说那倒不必,他不是特务,我们都认识。

会后的聚餐,我根本没有心情吃,总想着“特务”两个字。还没有开始读书,就被特务跟踪。我对纽约的政治没有概念,心想方才不过十几个人马七八条枪的活动,竟会引发台湾特务跟踪查询?我是想端端正正在纽约谋生读书的。

但是潘先生他们转眼就喝酒吃饭,很尽兴。席上潘先生把特务盘问我的事说了一番,遭到大家一顿唾骂。他们对跟踪这一套似乎一点儿不陌生,家常便饭。

后来,既没有特务跟踪我,也没有影视公司给我电话,开幕式上的录像带,也没有拿到。假如当时没有合影留照,而且一直在我的相册里粘着,一切仿佛都没有发生。发生后也忘记了。后来更多的事风起云涌,大刀阔斧斩去了之前的经历和记忆。

我和潘先生的联系,就断了。我顾我读书打工,潘先生顾他的宝成公司事务,以及统一中国大同盟事务。

很多年过去了,彼此不知彼此。自从有了网络,方便找人,一查潘先生,知道他仍旧活跃着,曾被北京邀请去参加过国庆晚会,不过那是1995年的事情了。再看潘佑强先生资料,的确是黄埔一期,的确是国民党军中将,潘先生很像他的父亲,都英气勃发。

我不知道潘先生今年多大岁数了,生在哪里,也不知他是不是仍旧一早起来就喝啤酒降血压。这个细节给我留下极为生动的印象。

祝他健康。在我初到纽约六神无主的时候,是他几次把我们请到家里吃火锅,喝啤酒,是毫不敷衍的邀请。也是他,让我从一隙之间,看到了不少人三十年前,就致力于两岸统一,做过很多具体的事情。

新加坡的习马会,是历史的转折,大事。在这之前,有多少人为此铺路奠基呢?潘先生是一个。

中国玫瑰

路易斯安那州的新奥尔良市,在密西西比河河口,与墨西哥湾唇齿相依。她历史久远,是个热衷狂欢的城市,充溢着最早安营扎寨的法国贵族风流奢靡的气息。法国人、西班牙人和英国人之间发生过争夺战,为控制这座城市,在激烈的战斗中,新奥尔良形成了永不消失的魅力。每年二月,圣诞节之后的第十二夜开始,狂欢节的河流满城喧哗,日夜不停。如果每座城市都有一支独特的乐曲,为新奥尔良赢得名声的,就是黑人的爵士音乐了。

“中国玫瑰”就开在这座气质性格迥异的城市里。

我没有去过新奥尔良,但时时会想起这城。那是一个让我寒心的地方,不要说生活是奔腾向前的,有些人生的经历带有无可复原的摧毁性,让你心底的荒地很难茁生新绿。但是中餐馆“中国玫瑰”,却在惨痛的人祸天灾中,倒塌又建起,倒塌又建起。

老板娘凌放,是我认识的唯一生活在新奥尔良的朋友。

很久之前，凌放的丈夫郑里也生活在那里，但郑里早已离开人世。

我跟郑里是校友，他中文系毕业，留校在学报做事。人高高的，着装整洁一尘不染，戴一副眼镜，书生气。郑里其实没有书生的迂腐，他倒是性格活跃，直爽坦白。刚刚开放，他就去理发店把茂密的头发一烫，人整个变样，在校园里是出类拔萃一个人。

1990年秋天。有人按哥大宿舍的公寓门铃，我跑过细长的走廊，打开门来，一个高个子的男的，笑眯眯站在门口，竟是郑里。他不请自到，跟在南京一个样。我才知道他在美国也好几年了，在路易斯安那州一所大学拿到硕士学位，这次到纽约来找工作。他学的是传媒，在路州不好找工作，纽约是大都市，著名的几大电视台都在这里。

他坐在沙发椅上，满脸是举重若轻的笑容，相信纽约会向他敞开大门。他准备了一大叠履历，分头寄出，没有回音，所以决定来纽约登门求职。他的志向很大，进美国主流电视台。

我问到了凌放，不知她在做什么。凌放是学音乐的，南京小红花艺术团她都被选中去跳舞。后来在艺术系唱歌，人见人爱。但她那样的文艺人要在美国立足，非要粗犷些不可。郑里说凌放现在打餐馆，挣钱也不少。不过不是长久之计。他想为凌放买一家餐馆，让她有个稳定的事情做，日后也算个产业，不然总是风雨飘摇。郑里毕竟是中文系的，到了美国说话还是有中文系的痕迹，风雨飘摇。

离开纽约回新奥尔良前，郑里给我打电话，笑嘻嘻说没有想到纽约的门关得那么紧，找不到工作，回去了，回去买家餐馆，让凌放做，自己在那边找份跟专业相关的事情，慢慢来。一边说一边笑，还跟我开玩笑，说你这个纽约客，以后有机会不要忘记帮我一把，到我们这里来玩，谢舒！二月的狂欢节你一定喜欢，来喝啤酒，街上流的到处都是！地上掉的全是玻璃珠子项链，你一定喜欢！

那是我在美国第一次见郑里，也是最后一次。

1997年，坏消息传来，郑里回到新奥尔良，放弃了专业，真盘下一家中餐馆，店名“中国玫瑰”，和凌放胼手胝足，开创餐饮业新天地。他们所处的地段在法国社区，是个安全高尚的地段。在那一片购物中心以及附近的街上，也有中餐馆，都做不过他们，来了做了倒了走了。循环往复，终是这个结果。他们还得到许可，可以在店堂里放两台吃老虎角子机，有人吃过饭去试手气，有人不吃饭进去试手气，那两台角子机很挣钱。

出事那天没有任何征兆。晚上十点餐馆关门，员工聚在大厅准备吃饭，郑里到后面厨房去看看，厨房灯暗，他一进去就发现旁边一个人影一闪。郑里拔出枪来，喝了一声：Who is this（谁）？打开了厨房所有的灯。外面大厅的员工围着桌子吃饭说话，声音很响，听不见后面的呵斥和对峙，直到响起枪声。枪声响了四下，大堂的人尖起耳朵分辨，再也想不到有人开枪。紧接着有个黑人跑到大厅，朝人群打枪，然后飞奔而逃。人们吓得四散躲藏，凌放跑进洗手间，上了插销，直到外面毫无声响，才出来往厨房飞奔。枪手逃走了，留下躺在血泊中的郑里，已经没有生命迹象。

立刻报警，警察立刻赶到。现场推断，当时郑里拔出手枪，对准企图偷窃的人，但没有来得及扳动扳机，有备而来的凶手就先朝他开了枪。郑里的一只手掌上有被子弹打穿的洞，显然是用一只手阻挡对方的子弹。他头上也中弹，当场死亡。

员工指认，凶手是曾在餐馆打工的员工，后因做事不老实被郑里解雇。解雇后凶手还到餐馆向郑里借钱，郑里给过他一次。这次再到餐馆，推测去偷东西卖钱，正巧碰上郑里去厨房查看，撞上，丧命。根据这个叙述，警方很快抓住凶手，拘留起来。

悲痛至极的凌放崩溃了，躺倒了。她的处境是她后来想也不敢回想的。那时郑里的父亲在探亲，不幸中风，经过治疗，一时无法上飞机回国，也躺在床上。儿子还在中学。刚买的一栋大房子，尚未开始装修，里空外空地立在草坪上。

“中国玫瑰”的两个主心骨都倒了。

后来的很多事情，是“中国玫瑰”的老客人、凌放的教友们出面帮忙办理的，他们支撑着“中国玫瑰”和凌放，帮着办理后事，提供证词，疏导员工心理，帮助凌放将弟弟一家申请到新奥尔良，扶助餐馆重新开张。要不是这些热心善良的教友，凌放说她不知道未来的日子怎么过，甚至不知道郑里的后事该怎么办。从前都是郑里替她挡风遮雨，忽然郑里没有了，她孤零零的，还要扶老携幼，她不想活下去，活下去没有意思了。

凌放活下来了。不光活下来，还重振了“中国玫瑰”，把郑里买下的新房子装修好，搬进去，照顾好郑里的父亲，并在允许的情况下，将老人送上飞机，回到南京，并且把儿子培养到读完大学。

对凶手的拘审、过堂和判刑，受到当地人的关注，特别是“中国玫瑰”的老客人们，每次开审他们都去旁听，他们的证词一再被原告律师引用。宣判那天，座无虚席，法官宣判“终身监禁，不得保释”。

2004年年初，凌放到纽约来玩，也到了我家。想起郑里刚毕业来纽约找工作，与凌放到纽约，只隔几年，却已天人永隔。凌放有些丰腴，从前真诚的笑容还很真诚。提到郑里时，她的语气已经平静，但当时每一分钟都想死，没有勇气跨进餐馆，不敢走进厨房，不敢看那栋郑里买的新房子，不知道是不是该卖掉。

我问及她的感情生活，毕竟她前面还有很多年头。凌放说不是她不愿意重新开始，而是她不可能再有爱情，想到郑里在美国乐观的奋斗，一天也没有住过新买的房子，她就难受。

她跟我说，谢舒，你到我那里去住一段时间，我好好给你讲讲我的事情，让你写成小说，在纽约时间太短，说不完。当时我有没有答应她，不记得了，一部根据真实经历写的小说，是很大的工程，我必须到新奥尔良去住一段时间。但我默默想，总有一天我会写一写凌放，写一写我们这些赴美留学生的苦乐。但是凌放经历的一切，我不能当小说来写，小说细节需要文学加工，会稀释或夸张她惨伤经历中渗血的每一道伤痕和伤痕中的每一丝鲜血，对于她和郑里，那太弱太轻太浅。

离开纽约时，凌放从我的书架上拿走了有我写的《陪读太太》的杂志《莫愁》，那是我最后的保留本。《陪读太太》是我平生写的第一部小说，那时我在哥大女子学院图书馆做事，白天坐在门口检查身份证，夜里在女子宿舍值班。我抽空写一段，抽空写一段，一字一字写出来，所以特别珍惜，不管谁向我借，我都不借。但是我借给了凌放，只是希望她能够日后归还给我。

看完《陪读太太》，她给我来过一个电话，问我写的是不是自己的经历，她读了非常有感受，因为我们这一代留学生的际遇都很相似，是从最底层和最苦的日子开始的。挂电话时，她邀请我去新奥尔良玩，就住在她家。

总想找个二月狂欢节时，到凌放那里去。

没想到2005年8月29号，新奥尔良遭到飓风“卡特里娜”袭击，成为举世震惊的灾难。飓风后的那座港口城市，一片汪洋。市中心的店铺都在水下面，人们或被集中在体育场临时设立的收容所，或成群结伙去到其他州避难。没有逃出的人，困在无望的房子里等待军队救援，居民区黑压压的水面上漂浮着逃生未成的人。

给凌放电话，没有人接。家里没人接，店里没人接。会不会凌放既失去了房子，也失去了餐馆？她有没有幸存？老天煎熬一个女人，不应当这样残酷和无止无尽。在那样的时刻，我竟然还想起了那本《莫愁》和我写的故事《陪读太太》。假如凌放的家被大水淹了，那么《莫愁》一定也随着大水冲进了墨西哥湾。墨西哥湾的大水，埋藏了凌放痛心的记忆，也埋藏了我一个百感交集的故事。我们在那片汪洋大海中，没有诺亚方舟。

消息辗转传来，终于得到凌放的消息。餐馆“中国玫瑰”被淹掉冲毁，房子因在坡地上而兀自立着，空无一人。

凌放带着家人和员工，去了得克萨斯州的第一大城休斯敦，投奔那里的朋友，避难并以待东山再起。这就是飓风过后有关凌放的全部消息。没有我认识的人能跟她联系上。我梦幻般觉得，她就像《出埃及记》中长途迁徙的使徒，带着水罐牵着骆驼，与亲友沿途寻找可以安营扎寨的河流和草地。

人生流动如河，有很多分叉的地方，越过岔口，也许重又汇聚。关于凌放，总是有这种失而复得的消息。听说凌放后来回到南京，买了一栋房子，想与人合作开一家幼儿园。然而这个心愿，终于是难以实现的，凌放带着她的母亲回到美国，回到新奥尔良，重开餐馆。走遍美国，你还是想着要到最初开始谋生的地方，不要说那里长眠着她的丈夫。

经历那么多磨难，凌放身体渐渐不好，在美国治疗。经过很多周折，终于找到她新的电话号码。是她母亲接的电话，说凌放出去打工了。“打工”？她到一个朋友开的餐馆去做收银。在我，这似乎不该是凌放最终的归宿。她是那么顽强那么能干的女人，她有一颗爱生活的心，她应当浴火重生。

准确的消息终于传到纽约。凌放买下了那家饭店，虽然小了一些，但“中国玫瑰”又开张了。在那一条街上，不止她一家中餐馆，唯凌放的生意做得好。

有朋友去新奥尔良开会，我总建议他们去“中国玫瑰”吃饭。朋友告诉我，凌放的故事，在新奥尔良几乎人人知道，人们喜欢那家店从不敷衍的菜肴，喜欢老板娘开朗的微笑，就连我那几个从上海来的朋友，也夸赞“中国玫瑰”烧的江浙菜味道正宗，鲜美又清淡。

凌放告诉朋友们：我跟谢舒很早很早就认识，在南京的时候，住在一栋宿舍楼里，那时候我们住在这一头，他们住在那一头，天天见到，因为都在楼道里烧饭炒菜。那时候，郑里和凌放都才二十多岁。郑里瘦高英俊，凌放秀丽丰满，他们走进楼道，黑暗的楼道就亮。

他们的美国梦不能说圆了，也不能说没有圆。这个"中国玫瑰"历经凶杀，历经飓风，倒下又立起，不管发生了什么，凌放从来没有改变过她助人为乐的品性。她为遭到传讯的来自中国、越南的华裔，不厌其烦地出庭；她收留无家可归的没有身份的人；她出钱帮助身患重病的住在南京医院的朋友；她抚养大了她和郑里唯一的儿子。

她仍旧对我说，谢舒，你到新奥尔良来玩，每年二月都有狂欢节，你来的话，我开车陪你去看看原住民的保留区，那里的湿地森林像魔幻小说，还可以去南方几个著名的城市看看，"一定来！"对了，她说，好莱坞电影《飘》的拍摄景地和豪宅，你肯定想看的。

恍然到了2009年了。8月27日，飓风"艾琳"在美国北卡罗来纳登陆，继而袭击纽约。我住的地区电线断了，大树倒了，很多屋顶被掀掉，藩篱散落，道路横阻。那次距"卡特琳娜"飓风袭击新奥尔良，时隔五年。

修复电线需要时间，不知多久才能正常。凌放打来电话问及情况，说到我这里来吧。于是定了机票飞往新奥尔良。这是不是天意？我竟是因为同样的飓风，如愿以偿去看凌放。

那保持完好的湿地，精致荒蛮寂静。百年巨树上垂下攀援植物，丝带一样在风中荡漾，长脚蚊子无声地飞，小河上浮着奇异的水草花。

电影《飘》的拍摄地，那草地，棕榈，郝思嘉的豪宅，突然被我亲眼看见，好像费雯丽会随时走出来，绿色猫眼闪烁着高傲和不屈。见到密西西比河了，四年前淹没整座城的大河。

跟凌放去了"中国玫瑰"，那块立在前门外的招牌上，一朵玫瑰盛开。第二天去看望了郑里，大厅三面的玻璃格安放着已走的人，为了擦拭和放鲜花方便，凌放买了最下层的格，格子外面罩着玻璃，镶着郑里的照片。年轻时候的他，卷曲的头发，瘦削的脸，似笑非笑。他不知道，从前的校友从纽约去看他。

那天大厅里只有我们几个人，加上郑里，好像开校友会。我带去一支红玫瑰，放进注满清水的长瓶中，那红玫瑰就是我想说的话。

凌芳对小郑说，告诉你一声，谢舒从纽约来看你了。

长眠在你的家乡

我见过他一次。仅一次。

推门进去,从侧后方见他跟一个女人比肩站着,在看玉看琉璃珠。佳喜见我,亮堂堂一笑,说来啦,舒。立刻向我介绍他们,又向他们介绍我,说舒就是写《海外寻奇》的谢舒,也写了我们《翡翠女人》。那女人转过身来,一笑说,Hi!你好!我看过你的书,里面的收藏真好,你也写得好,文辞美。

女人好标致,眉眼都在准确位置,眉毛天生好形状,没有纹,肌肤白而细腻,黑大的眼睛闪闪的,眼角有一些细纹见到岁月,倒让她更生动。男的高,玉树临风,如松如柏。听了佳喜的介绍,他微微侧过头来,只用眼角朝下横一下,没有打招呼,回身举起一块玉璧,对着灯光端详。我看看佳喜,佳喜摇头笑笑,我也笑笑,把包放在沙发上。一般人听说来的人是个写过书的女人,总要看一眼,打个招呼,哪怕客套也表示一下。特别是我们不是在公共场合遇见,而是在一个大家都熟知的地方,主人也都是朋友,不看僧面看佛面。他无动于衷。所以我对他好奇。

他对女人说：一直跟你说，收藏要收藏最好的东西，玉翠玛瑙蜜蜡，琉璃珠沉香珠都是这样，要有岁月包浆，贪便宜是不行的。纯正的中文附着在有磁性的声音中。

女人对男人的清高有些不安，转身跟我寒暄，说什么时候有机会，看看你们的收藏？真难得，真好！她的中文也纯正，后鼻音发音儿其好听，让我想起军人家后代。

不一会儿他们就走了。走时，男人仍旧回避照面。女人谦和热情，说谢舒再见啊，见到你很高兴！

我目光一直跟着他们，希望男人最后一刻抬起头来，让我正面看到他。出门时他用力撑住厚重的双层玻璃门，侧身让女人先走，礼仪周到，姿势优雅。他低垂的侧面好看，线条有力。可是怎么会第一眼让我有亭亭玉立的印象？

佳喜告诉我，男人是舞蹈老师，姓宋，女人是他的学生，业余跳舞，她叫薇拉，不知道四川还是陕西。她做进出口生意，很能干，很早开始收藏，喜欢玉器，特别是高古玉。这点她受宋老师影响，宋老师对高古玉很有研究，但从不跟藏界人往来。"我也很少看到他，他这是第二次到我这里。"佳喜这么说。

后来我与薇拉常在玉器店遇到，一道看看说说玉和翡翠，她也会带去瓷器的照片让我看。薇拉叫我舒姐姐，见到总要抱一抱我。我看到她猛然回头那一笑，猜想她从前发光的容貌，但我猜不出她的年龄，年轻而成熟。

2009年5月，我回南京陪伴重病的母亲，临行前去向一众姊妹辞行。薇拉也在，听说我此行为母亲病重，眼神黯然。她说起宋老师最近身体也不好，经常乏力，她要他去检查，查出来就好治了。宋老师很固执，不听，就也很长时间不教舞蹈了。

我走的时候薇拉抱抱我说，舒姐姐你保重。

母亲当年10月离开人世。11月初我带着妈妈的一些遗物回到纽约。很长时间不出门，心情黯然。到静下来一些，过去看望姊妹们时，突然得知宋老师走了。薇拉见到我，叫一声舒姐姐，声音便哑了。我坐在长沙发上，她坐在我身边，手里拿着一盒纸巾，眼泪不停地淌。佳喜站在柜台里面，轻柔地说：薇拉，两个月了，你这样哭要把眼睛哭坏，人已经走了，想开一点吧。

薇拉点点头，眼泪又淌下来，淌下来挂在下巴尖上微微摇晃，等更多的眼泪集起来，沉重滴落。很久以来，我没有看到过四五十岁的女人，泪那么多那么旺，流不断。

我拿过纸巾盒，一张一张抽给她。我说薇拉，你想说吗？想说你就说吧。薇拉泣不成声，说舒姐姐你的妈妈刚走，我不能安慰你，你还要听我说。

宋老师得的是肝癌，当他被薇拉和几个学生送进医院时，已是晚期。很快他就不能走路了，终日躺着日渐消瘦。医院靠海，视野辽远雄阔。宋老师常请薇拉和学生们扶他起来，坐在轮椅上，推到落地窗前，看海。海对面是曼哈顿，阳光下波面像新吐的蚕丝，在风中此起彼伏闪着银光。对岸高楼拔地而起，充满生之朝气。宋老师很少说话，默默看着。

那段日子薇拉每天开车在医院和公司之间奔波，人绷得很紧。自己的家事根本无暇顾及。我问她宋老师在纽约有家人吗？薇拉说，没有。

那么峻拔的一个男人没有家？独自在美国？懂古玉？高古瓷？跳舞好还收学生？隐于市而闭户深山？很多难解的谜，话到口边留下来没问。薇拉要是愿意说她会说，薇拉要是不说就留白吧。

宋老师出自军人家庭，当过海军。噢，难怪站如松。他在华人社区集中的地方住着，除了去上课，跟学生切磋舞姿舞步，不与人往来。薇拉是他最喜欢的学生，应该也是他在美国生活中的一盏渔火。他离婚了，家人跟他断绝来往。因为生意上的什么事，有了麻烦，出了国在纽约深居简出。为什么？薇拉的解释我不很明白，也没有问。但那也是可以回国的吧？既然在纽约举目无亲。不能。薇拉说，就是回不去了。

到了美国回不去，原因很多，比如非法移民，比如担心办不到返美签证，比如是跳机滞留在美国的，比如有移民局发的递解令躲起来了，比如跟仍在大陆的丈夫或者老婆不想见面了，却碍于孩子不能离婚，于是再不回去。种种复杂敏感的原因使得回去再回来十分困难，或不许入境。还有就是自己选择永远客居异乡，哪怕出入境不受限制。

既然家里人跟他断绝了关系，是他带给家人麻烦吗？不知道。不问。薇拉也不问。我想起他身穿宽大风衣的背影和侧面，那是一个隐藏着很多故事的背影和侧面。从发病到去世，短短三个月。薇拉说到这里，抽泣不已，太快了，太快了，他是1954年生的，才五十五岁。

我们猜薇拉爱宋老师，宋老师也爱她。虽然薇拉有家。台湾有个谁说过，爱一个应当爱的人，是婚姻；爱一个不该爱的人，是爱情。

不知道。

宋老师病入沉疴，不能起床，坐也坐不起来。那日子不远了。他自己知道，薇拉知道，学生们知道，不说穿。有一次宋老师问薇拉，以后会不会一直在美国待下去。薇拉说她还想回国。她爸爸是军人，去世后葬在那座城市的公墓。她告诉宋老师，日后她想回去跟父母在一起。宋老师想了一阵，低声说：那我死后，也埋在你的家乡，行不行？

薇拉毫不犹豫回答他，行，但那是以后的事，你先好好治病。

宋老师知道自己来日无多，再次跟薇拉确定说，我真是这样想的，我真是这样希望的，我没有地方去，也不想埋在美国，你到哪里，我就到哪里，行吗？薇拉痛哭，说我答应你，我一定把你送去我爸那个公墓，在他旁边，日后我也去。

我们不知道薇拉跟宋老师的感情有多深，什么样的亲人恋人才会要生不同床死同穴？

生的烛光即将熄灭的前一天，一切感应都分外细微，昭示着那个时辰步步走近。时辰是有声有色的，并非无形。那天暮色降临，宋老师挣扎着要薇拉把他弄进轮椅，他要看海。薇拉说今天不要了，你太虚弱，明天吧。薇拉感到扶他站起来已经力不从心，全部靠支撑他的人的臂力和腰力。薇拉想明天找个朋友过来一道。宋老师不高兴，一定要起来一定要看海，说你要是不帮我，我自己来！他挣扎着要爬下床。

傍晚的海湾色泽富丽，对岸是曼哈顿灿烂的灯海，密如天星，照亮岛上夜空。海水幽蓝深不见底，无声无息长流不止。宋老师默默遥望，目光很远很静，越过洋面越过曼哈顿，去往无人知晓的地方。薇拉不说话，站在轮椅背后流泪。很久，宋老师说，薇拉，你答应我的，让我长眠在你的家乡。薇拉抽泣着说，放心老师，我一定把你送到我的家乡，让你长眠在那里。

后来薇拉一直后悔，后悔那天晚上她安顿好了宋老师，回家去了。她问宋老师是不是要留在医院，陪他这个夜晚。宋老师说不要，你回去，没事，回去吧，明天见。薇拉再三确定他不会有事。宋老师发火了，手一挥说你走吧，回去睡觉，我不会有事。

半夜，手机响起，医院通知薇拉，宋老师走了。

她慌忙起来冲锋一样驾车直奔医院。那张病床空了。

后事是宋老师的舞蹈学员们帮着办的，简单的丧礼把这份简单的人生勾销。宋老师在美国的数年生活，终归于终。薇拉两个月来伤心欲绝天天哭，半夜突然想到宋老师已经不在，起来站在临海的阳台上哭。哭得不行就给佳喜电话，不管夜不夜的，泣不成声。佳喜通常沉默，有时只说几句话，她已经无话再说。

见到我的时候，薇拉还是泣不成声。我为她的哭心痛，那种至情的丧失。虚空的存在超越真实的存在。

我只见过宋老师一面，在我这里他像一个影子，像被人生的剪刀这么一剜那么一绞，留出很多空白，但是画面是有的。画面上的模样，还没有空白的地方更让人想探知。宋老师仿佛是一个虚，一个空，一个倥偬闪过纽约的幻觉。他走了也是空归空，零归零。但薇拉是具象的，她可知可感，有形有态，有眼泪，有叙述，有不掩饰的悲痛。这个有形的薇拉，站在无形的宋老师前面，让我们对一个人谜样的生活，产生具象的了解，并给予理解和接受。

关于宋老师的嘱托，薇拉说过段时间，她要带他的骨灰回国，葬在她家乡的那个公墓。我不敢想象带着骨灰上飞机。

很难想象那个随着华尔兹圆舞曲优美旋转的男人已经是灰烬，很难想象从纽约启程，二十多小时的长途辗转回到家乡，一路与一个不复存在的人同路。此情此景让我想到四个字：天地不移。

那么一个柔媚的女人，那么一如既往的感情，那么坚如磐石的承诺。甚至有些甘冒天下之大不韪。而神，自有温暖的臂弯和博大的宽宥，薇拉的家庭在此事的全过程中，风平浪静毫发无损。

薇拉启程，带着宋老师上飞机，回到家乡，把他安葬在说好的公墓里。以后薇拉回去扫墓，除了跟父亲说话，也能跟宋老师说话。薇拉的声音在玉器店温润如玉，她告诉我们，临走前她跟宋老师说，以后每年我回来看你。

回到纽约，薇拉似乎平静下来。只在说到宋老师的时候，声音中的某些音节会出现微微撕裂，给人惊痛之感。

我没有能力写出这个真实的故事，因为缺乏完整性，缺乏宋老师庞大人生经历的细节。怎么写都有遗漏，无法填补。也许如薇拉所说，宋老师没有告诉她全部，他不说他不能说的。她不问她不该问的。

宋老师千里迢迢从中国的某一个地方，来到纽约，他不知道他将客死异乡，不知道在客死异乡后又将回到故土，长眠在故土的一个异乡。他最想不到的是，他会在灰色不宁的纽约岁月中，遇到薇拉，执行他的遗愿，让他长眠在她的家乡。

在这个充满爱情之光的故事中，宋老师始终是一个影子，恰如那个挺拔的背影，你只能去猜测他的模样和声音，乃至他的内心。唯有在他生命即将结束的最后一个傍晚，呈现了神曲一般的乐音——他坐在轮椅上，越过海洋，遥望远方，身后站着一个女人，那个将把他带回家乡长眠的朋友。

彼情彼景，就是永恒。

可能这都不是故事的全部真实。我们看到的只是冰山一角。可是谁能看到冰山的全部？唯有那露在海面上的一角的侧面，闪耀着光，微弱而无定，但那仍旧是光，笼罩着情笼罩着爱，留下绵长的尾光，渐渐远去。

“9·11”纪实回忆

1.“9·11”

早上八点四十六分之前,2001年9月11日是纽约普通的一天。

按下咖啡粉碎机的键,苏门答腊咖啡豆欢悦地滚动,被锐利的刀锋粉碎,发出嚓嚓脆响。深呼吸,先闻咖啡,微甜微苦的香气沁入心扉。然后倒进滤器,添加温水,煮沸。煮沸的咖啡是一种抓不住的香,四处飘散。

然后开电视,看CNN的全球新闻报道。窗外的七叶树,叶色边缘有些铁锈红了。平静的一天,寻常的一天。

夏天已近尾声,秋天雍容来临。隔河的曼哈顿,9月是最美的季节,天有多蓝,云就有多白。哈德逊河和东河上的鲜湿水汽,在华尔街周围的羊肠小巷中散淡弥漫。世贸大厦的双塔,被太阳照得炫目。地铁和通勤火车在地下和地上从四面八方驶往金融中心。

电话铃响了。铃声有些异样，通常那个时间没有人给我电话。

“看电视了吗谢舒？快开电视！”

煮沸的咖啡滴落在玻璃壶里，香气散开来。电视屏幕上，北塔高层在燃烧。

“怎么回事啊？”

“飞机撞的！事故！”

“事故？飞机为什么超低飞行？降到双塔的高度？”

“你快点看这个新闻吧！”

我去厨房斟咖啡，回到客厅轮流按遥控器的键。所有大电视台，ABC（美国广播公司）、CBS（哥伦比亚广播公司）、NBC（全国广播公司）、FOX（福克斯），都在现场播报同样的新闻，画面上毫无二致都是燃烧的北塔。摄像机从地面仰拍上去，没有距离感，好像就在现场。主持人翔实地描述情状，不做总结性阐述，然而语气中隐藏着令人不安的危机感。警车、消防车的警笛声，尖啸着撕碎了那个早晨。可你无法想象水管怎样够得到那样的高度？怎样把困在楼上的人救出来？

咖啡的苦味在舌尖上逗留不去。

八点四十六分，北塔被一架民航飞机撞击。

当我看到现场新闻时，高处很宽阔的几层楼已经开裂，火喷射出来，浓烟滚滚，从下往上烧。撞击北塔的是美国航空公司11号班机。被撞击的瞬间当时没有播报，后来我也没有见过飞机撞击北塔的镜头，也许有航拍照片，我没有看到过。我看到时已经火光冲天烈焰熊熊了。近旁的姊妹楼——南塔，岿然不动。

十七分钟后，南塔将被袭击。

被飞机撕开的楼层烟雾越来越浓，有人从炸裂的窗口探出身呼救，手中挥着手绢，或者报纸，呼救。

我站在客厅，端着冰凉的咖啡，目瞪口呆。

突然，一架飞机从南塔后面绕过来，由南向北大弧形转弯，撞进楼去，波及层从七十七楼到八十五楼，七十八楼的空中大厅顷刻毁灭。那是南塔几十架电梯的中转大厅，是死亡楼层。

电视屏幕陡然静默，所有现场主播转过身去，惊愕万状不再说话，看着南塔。简静的银白色楼身出现焦黑长条，火焰腾空而起，与北塔同受苦难。

那时是九点零三分。

联合航空175号班机上的所有人，全部丧生。七十八楼等待转乘电梯疏散的人，全部丧生。

我抓起电话，大声说："南塔也被撞了！另一架飞机！"

"真的吗？那就不是事故了，是攻击！"

相继而来的攻击，一次是袭击五角大楼的美国航空77号班机;另一架是被劫持的联合航空93号班机,她在西去加州的空中被迫转向往华盛顿飞,目标白宫。

77号班机俯冲撞向五角大楼。93号班机在乘客联手反击下,劫机犯未遂,机上全体乘客与劫机犯同归于尽,坠毁在新泽西一片空地,留下深不可测的坑洞。

咖啡冰凉,我的手冰凉。我在客厅站着,忽然想起在纽约大学读书的儿子,学校在曼哈顿下东城,离袭击现场很近。刚入学时我曾去他的宿舍看过,离东河不远,站在大楼门口笔直看去,夜色里灯火通明的双塔,像人间奇景。

还没有开口,儿子就问:“妈妈你看到了吗？”

我问他:“你看到了吗？”

他说今天早上有课,起得特别早,现在停课了,我们都在华盛顿广场，看得很清楚,“妈妈,Are you all right（你还好吗)”?

我没有说话。 Am I all right(我好吗)?

“妈,很惨。”他的声音沙哑。

北塔上有人开始跳楼。底下的火势太大太猛,得救的希望化为泡影。当身后的火焰难以忍受的时候,跳楼便是唯一的选择。

电视台拍到跳楼的人,朝着万丈地面坠落。那个男孩,浅灰色西装，在加速度坠落过程中，深色领带朝肩后甩去，直飞起来。这个镜头不久被屏蔽，观众提出抗议，不要把如此惨烈的镜头给世人看，不要展览他最后的时刻，不要增加他家人的痛苦。

这些，儿子和他的同学们亲眼看到了。他们目睹大楼被袭击，目睹被困的人跳楼，目睹大楼倒塌。在后来很长的日子里，他不愿意跟我说起那天的真实情景，最惨的记忆想被深埋，甚至忘记。

九点五十九分，南塔开始倒塌。十点二十八分，北塔开始倒塌。

当两栋地标建筑像融化的巧克力，裹在浓烟里朝地面流塌时，我一把抓住樱桃花布窗帘。双塔倾塌的情景，十四年中刻在记忆里，不被之前和之后的任何画面覆盖。

那一天，距我离开工作过数年的南塔，时隔两年。两年中，双塔跟我行远了，而随着她们的倒塌毁灭，记忆如洪水决堤而来。

世贸大厦1966年破土动工，历时七年封顶。1972年北塔落成。次年，南塔竣工。1966年，是我动荡人生的开始。当世贸大厦夜以继日建造的时候，我们一代人开始上山下乡。1973年，双塔在哈德逊河边耸立起来，正式启用。那一年我参军了。两个世界的风雨，两种人生的轨迹。记不清经由怎样的渠道，我看到过纽约世贸大厦双子星的照片。那就是世界上最高的楼吗？是永不可及的地方。

以后我跟美国同事乘飞机去北京谈判时，说起这段经历，他们大笑，说舒，你没有想到有一天你会走进South Tower（南塔）吗？

我初到纽约陪读，四处找工作，终于找到一份babysitter（带孩子保姆）的工作，给一个演员带孩子，她的公寓就在东河边，离世贸很近，天气好时，我推着女婴沿河散步，一直走到世贸，仰起头来看云端中的双塔，阳光刺得睁不开眼睛。那一刻心中的虚幻感从来没有那样强烈。虽然近在身边，还是远在天际。

数年之后，我走进南塔，在投资公司工作，纽约最初的窘迫和困难，还有读书打工的艰辛，已基本结束。拿到浅绿色身份证时，照片上的那个我非常不真实，像是编造出来的我。

在南塔，我接待过来自中国各省的代表团，也有从故乡南京来的，谈江南水泥厂的合作项目，跟南汽有过试探性谈判。北京来的代表团谈的是房地产项目和高架桥建设，还有金融投资的合作。上海来人就说开发浦东。那时的中国，正在崛起，许多建设蓝图尚在图纸上。

我多次陪同他们登上南塔一百零七层的观景台，眺望曼哈顿，留下合影但从来没有拿到。那些珍贵的留影，不知道代表团成员们是不是保存着，我希望有一天能够得到几张，看一看那时的我，那时的双塔，那时就进军美国探讨改革走向的中国同胞。

从遥远的中国，我来到纽约，走进世贸大楼。几年以后，世贸大楼没有了，仅仅存世二十八年。

每天清晨，上班族络绎不绝走出地铁和通勤火车，从四面的通道迈进中央大厅。产自各个咖啡胜地的咖啡豆，在打磨机中咔嚓咔嚓此起彼伏，它们被磨碎，被煮沸，滴漏在透明的玻璃壶中，香气从每家咖啡店溢出，整个大厅充溢着香气。那时“星巴克”还没有创出名号。各大公司都有咖啡和饮料供应，排队买咖啡和早点的队伍还很长，他们手里拿着报纸读当日新闻，咖啡拿到手报纸扔进垃圾桶，手上举着不同大小的纸杯咖啡，朝不同的电梯门走去。两座楼共有一百六十八架电梯，去高层的要在空中大厅转乘高层电梯，继续向上。大厅里、电梯中，人们匆匆从我身边走过，说着异乡意味的熟悉的英语。他们语速极快，充满数字，百万，千万，亿，美元，马克，法郎，英镑。

中年投资家、银行家，迈着自负的步履，经过时闻到男用香水的气味。大学毕业的新秀们，西装领带裤缝笔直，头发上打着蜡，年轻帅气，表情郑重其事。每天最早到公司的，就是这些二十多岁的男孩女孩，他们天天加班，晚上十二点甚至凌晨才结束一天的工作。不少人一天之中就为公司赢得百万进账，甚至更多。如果晚上你走在世贸大厦外面,会看到一字排开的林肯房车,幽灵般匍匐在灯光闪烁的夜色中,窗口贴着被等候人的名字,等送他们回家。他们就这样凌晨两三点回家,清晨七八点大步流星走进中央大厅。

很多上班的人,在2001年9月11号那天早晨,不知道那是他们最后一个早晨,最后一次走进中央大厅,最后一次排队买咖啡,最后一次乘坐电梯上楼,最后一次给亲人朋友电话,告别。

双塔倒了。满天尘埃像雪飞。

两小时后,我出门到旅行社取机票,侄女考取辛辛那提大学读生物研究生,从上海起飞,在纽约住两天,转机去俄亥俄州。她到上海那天,双塔从地平线上消失,她开始新的生活。肯尼迪机场、拉瓜地机场和纽瓦克机场,全部封锁。在那样的日子里,从中国启程来美国留学,第一站纽约,显得很失真甚至荒诞。生活有时虚幻。虚幻的真实尤其残酷。

法拉盛静悄悄。主街和侧街处处有人,靠在店门口抽烟的不说话,站在街边朝曼哈顿方向看的不说话。法拉盛距曼哈顿半小时高速公路车程,隔一条哈德逊河,能看到浓烟升起,难言的焦煳味时隐时显。行人默默走路,速度很慢,我走在行人中间,默默地,慢慢地。很多商家开着电视,画面上反复出现飞机撞击、高楼燃烧、被困者跳楼、大楼坍塌的镜头。

到家把机票朝茶几上一放，就开电视。看了一眼，关上。座机上红灯一闪一闪。按下去，留言接踵涌进。来自中国、法国、日本、美国，很熟悉的不很熟悉的朋友，他们口气匆促，长句没有间歇，短短几秒说完。

“谢舒，你怎么样？安全吗？请回话！回话！”

电子信箱塞满来信，信都极短，问我住的地方离曼哈顿多远，波及到了吗？“希望安全！请回复！谢舒请回复我！Please reply！”

那是寝食难安夜不能寐的一天，一会儿站在窗前，一会儿走到门外，一会儿看电视一会儿关上。坐立不安。

入夜，曼哈顿下东城烟雾弥漫。

纽约大学宣布进入紧急状况，取消所有课程，取消所有活动，所有停在校园内外的车被要求立刻离开，所有学生被要求待在宿舍。一切日常活动戛然而止。整座城绷紧心弦绷紧神经，都在等待。等什么？不知道。

废墟周围早已经人来人往。市长朱利安尼第一个赶到现场，政府官员赶赴现场，消防员赶赴现场，媒体赶赴现场，志愿者赶赴现场，家属赶赴现场，世界的眼光赶赴现场。

儿子在电话中说，妈妈，我去献血了，在医院门口排了六个小时。我问他献了吗？他说，医院的人出来说，不需要了。

我一把捂住嘴。

献血的队伍在马路上转弯又转弯，等了一小时又一小时，9月11日的夜晚，西奈山医院、纽约大学医院，献血车外面，静静地排着献血的人，原以为能救出很多人。然而不再需要鲜血的消息宣布了死亡消息。

那是一个逝者逝去的夜晚，生者生还的夜晚。那是一个毁灭的夜晚，一个重生的夜晚。

第二天机场仍旧封锁。电视新闻仍旧是关于袭击和废墟现场。很多人说已经受不了了，心脏受不了，血管受不了，神经受不了。

换台时，看到一则报道，14街联合广场有自发的集会，无数人聚集在一起，举行烛光纪念。那里离灾难现场咫尺之遥，可以看见废墟上的明火暗火，黑烟白烟，消防员和警员，搜索犬。

我抓起包就出门。

7号地铁到42街，转3号地铁，在联合广场站下车。联合广场在14街和6马路交道口。地铁出来拾阶而上，站在街面，穿过笔直的大道往南看，山一样高的废墟在冒烟。被炸毁的场所被命名为Ground Zero。华文报纸翻译为：惊爆原点。Zero是阿拉伯数字中的0，英文意思不知意味着一切归零，还是一切从零开始。

我曾在南塔第六十五层工作。公司曾是美国十大股票证券零售交易公司之一，在南塔租有四十层楼，中央大厅仅设一家公司标志，正中建有白色大理石门拱，顶上刻公司全名Dean Witter Reynolds Inc.。

9月12日中午，南塔北塔好像已经是前世的梦幻，从来不曾有过。

联合广场是人海、花海、烛海、照片的海、寻人启事的海。山呼海啸，鸦雀无声。南方向的13街上警车和救火车排成长阵，待命。看着起火冒烟的废墟，我想假如我还在那里工作，昨天早上八点半之前到了公司，当飞机撞进北塔的时候，我会不会因为看到北塔遭袭而逃命？假如我逃了，能不能沿着几十层盘旋往下的楼梯，走出摇摇欲坠的南塔？当上百吨汽油沿着楼道灌下来，在下楼的漫长队伍中，我能像其他人一样不抢不争，给残疾人让路？为消防员让路？我会不会出了门又被倒塌的巨石砸中？这样的问题，后来有朋友问过。我说我不知道，真的不知道。

太阳照着水泥地面，地面滚烫。这个逢周二、周四卖新鲜蔬菜水果、奶酪鱼鲜的广场，此刻鲜花是哀伤的，蜡烛是哀伤的，人群也是哀伤的。炽烈的阳光下，烛光暗淡无光。牵起来的绳子上挂着照片，树身上贴着照片，能张贴照片的地方都贴着照片和"寻人启事"。有些漂亮女孩的照片旁边挂着泰迪熊，憨态可掬，有人走过去伸手抚摸泰迪熊，像在抚摸失踪的女孩。照片上的黑眼睛、蓝眼睛、灰眼睛、棕眼睛，默默看着去寻找和追悼他们的黑眼睛,蓝眼睛,灰眼睛,棕眼睛。

人群席地而坐,围成一圈又一圈,中间是蜡烛组成的心,红蜡烛、白蜡烛、蓝蜡烛、黄蜡烛……相依相偎。坐在地上的人也相依相偎,我们有着白皮肤、黄皮肤、黑皮肤、棕皮肤……

我把一支银灰色蜡烛放在地上，立刻有人递过一支燃着的蜡烛,用他的烛火点着我的烛芯。我的蜡烛跟所有的蜡烛燃成一片。一张写满留言的白纸铺在旁边,密密麻麻写满了话,一句一句,一行一行,英文、法文、德文、西班牙文、阿拉伯文、藏文、日文。我在顶上用中文写下:双塔不倒!

然后我坐下,滚烫的地面炙烤着我。一个额上扎着素色头帕，浅棕肤色的女孩走到我身边，蹲下来轻声问:Can I hug you?(我能抱抱你吗?)我点点头。于是,她柔软的汗津津的双臂抱着了我。她一句话都没有说,只是拥抱着我。我没有问她为谁而来,她也不问我。联合广场参加追思的人,也有许多没有在袭击中失去亲人朋友同事熟人,但都失去了世贸大厦,失去了安全感,失去了对和平的信任。

一个华裔纽约客在“9·11”的十周年纪念日,写下那几天的经历。他跟妻子在”9·11”后两三天,前去遗址追念,下东城几乎万巷人空,景状惨烈恐怖,天空猩红,空气中飞扬着粉尘,令人想到随飞机爆炸而死去的人。他不知道人都到哪里去了,于是问路边的警察。警察说,去联合广场吧!人都在那里!

一连三天，那里人山人海，花海烛海。一连三天，那里鸦雀无声。和平的悼念，和平的愤怒，和平的集会。

女孩轻声问我：Feel better（觉得好点吗）？是的，我觉得好点了。欢乐需要人分享，悲痛需要人分担，惊恐需要人共同抵御。

我们曾经喜欢这样一句话，不管你走到哪个国家，凭着《国际歌》就能找到战友。我从未有过这种体验，虽然我早就会唱《国际歌》。那是父辈的光荣和骄傲。

2001年9月12日那天，在14街的联合广场，单凭人在那里，就找到朋友。没有国籍之分，没有宗教之分，没有种族之分，没有性别之分，没有年龄之分。那是汪洋大海的感情，是你不想游到终点的海。那是爱。从悲痛和愤怒中生出的爱。

爱，不是空话，不是奢望，不是遥远的乌托邦，不是陈词滥调。爱是口说有凭的暖和，是绝不放弃，是为别人而不倒下的勇气。在双塔中丧生的人，他们打出的电话，最后一句话都是：I love you！

我爱你！

最贵重的三个字。人能留给世界什么？唯爱永在。

去联合广场的人，都怀抱着这样的爱，坐下，点燃蜡烛，拉着手流泪，拥抱着传递彼此体温，看着对方的眼睛寻找信任，告诉逝者：我们不忘记。这样爱着，死去的人没有死去。活着的人仍旧活着。

十四年过去了，我常想起那天的联合广场，想起点燃我蜡烛的中东男子，想起拥抱我的蓝眼睛女孩。如果以后有人寻找2001年“9·11”期间去过联合广场的人，召集大家一同再去联合广场，从那里仰望去年建成屹立的世贸一号新大厦，我一定去。

2. 去辛辛那提

机场仍旧封锁，侄女困在上海。三天来每个夜晚我都心神不定坐在书房，窗外是黑夜，警车呼啸而过，撕开静夜。也许空中管制永远不会解禁？

午夜，天空传来飞机引擎声，冲云破雾。

在肯尼迪机场接到侄女，轻轻抱她一下，她勉力笑了笑，像是抱歉，抱歉在最不合适的时间到了纽约。第二天晚上带她去14街联合广场。那里仍旧很多人，仍旧鸦雀无声。往日灯火流萤的夜景已经没有，人流默默从寻人墙上逝者照片前走过。蓝眼睛，黑眼睛，灰眼睛，棕眼睛。白肤色，黄肤色，黑肤色，红肤色。照片上的他们多么漂亮，生动。

在铁栏杆上，我们每人系上一朵红玫瑰。黑色的铁栏被茂密的玫瑰花掩盖，花朵下系着写满字的白布，信笺，小国旗，徽章，毛茸茸的动物。

两天前来过的广场，光景历历在目，苏格兰风笛音犹在耳。双塔废墟上白烟依旧缭绕，焦煳味久久不散。侄女脸上的表情难以描摹，惊恐地看着周围的世界，看着照片上跟她同龄的年轻人。她紧紧拉着儿子的手臂，好像稍一松手就会永远失散。

两天后出发。说好开车送她去辛辛那提的人不能去了，只有我去。没有人敢上飞机，我也不敢。六小时的飞行太漫长。电视台二十四小时重播着“9·11”的镜头，密集的后续报道循环反复，像密布的乌云，你不能想象自己在天上飞，而能飞抵目的地。

火车到辛辛那提二十多个小时，中途还要转大巴，数小时后才到大学所在地。火车沿哈德逊河北上，沿途风光平静，好像数天前发生的灾难与它无关。树叶绿着，河水流淌，天空飘浮云絮云丝。风景飞快闪过，稍一闪神就忘记这里仍旧是东部海岸，离纽约不远。

然而纽约渐渐远去。

乘客多不说话，说也声音极低。餐车里人很多，餐桌上看见牛排、烤鸡、生菜、色拉还有红酒，桌上立着白瓷小花瓶，开着一朵玫瑰。一切都是日常生活，但仔细看，能感出日常中的不寻常，乘客虽然也吃也喝也说，但他们小心翼翼使用刀叉的姿势，以及极低极轻的说话声，感觉得出内心很深的歉意，或者负罪感，好像仍旧活着是一个亏欠。多少生命瞬间毁灭？而我们享受着攻击后的宁静，“生之乐趣”。

Life goes on。是的，生活向前。生活却在什么地方停下来，永远驻足。

火车北上。

同餐桌美国小伙子从最西北部的西雅图，到纽约探望从军队回家休假的朋友，没想正碰到“9·11”发生。朋友立即被部队召回，他也没有心思在纽约待下去。他说我再也不乘飞机了，太可怕。问他火车从纽约到西雅图要多久，他说要三天三夜。三天三夜也没有关系，六天六夜我也坐火车。

很久没有坐火车，特别是夜车。躺在座椅上听车轮在铁轨上发出的哐啷哐啷声，心嘭嘭地跳。眼睛一闭全是双塔起火倒塌。一激灵坐起来，窗外漆黑一片，失去了地理方位，不知身在何处。再躺下还是睡不着，视网膜上印着“9·11”那天的惨状，比在纽约更加清晰惊悚，火车离开纽约越远，那一天的景象越近越真切。坐起来睁着眼睛看什么都看不到的地方，隐隐约约有些亮光，看不出是田野还是公路，它们朝后退去。

侄女睡得很香，皮下脂肪饱满的脸，安详放心。

火车北上。北上。

进入俄亥俄州境内，天下着细雨，只有几个人在小站下车。我们拖着沉重的行李走过空寂的月台。车站有一杆旗杆，降半旗，半旗在夜雨中湿漉漉贴着旗杆。下乡插队时，到了秋冬返城时，苏北所有的长途车站都那么荒凉，不管拥挤着多少知青，荒疏之气铺天盖地，青春的热力也不够驱散它，流落他乡的凄惶和无着伴随我长大。

细雨中环顾四周，不知身在何处，如果不是看到身边的侄女，流落无着的惊骇会有多深？而那些在"9·11"中失去至亲的人们，他们的惊骇也许会直达生命终点。

车站卖票的窗口紧闭，买不到吃喝，只有自动售货机里有变味的咖啡。天刚亮，搭上了开往辛辛那提的大巴。沿途上来不少Amish，艾米人。艾米人是从欧洲移民到美国的，他们至今仍旧是群居人，拒绝现代生活，拒绝迁进都市，崇尚劳作人生，吃喝清淡，他们有自己的宗教，自己的庄园，自己的学校施以教育，是自给自足的群落。上车的艾米人，男人一律黑色阔檐帽，白衬衣黑背心；女人一色白头巾，白围裙。都没有表情，不说话。小孩默默看窗外景色，大人两眼直视前方。那是我第一次跟艾米人坐同一辆公交车，第一次那么近看他们。他们的故事，都是在电视新闻中看到，关于他们和政府的对抗，关于他们的一夫多妻制，关于他们居住的类似中国南方客家土围楼的封闭庄园。我们坐在同一辆车里，完全陌生，彼此视而不见。他们像来自世外桃源，是美国的边缘人。我也是边缘人。我们都是边缘人，彼此绝缘，无法沟通。一小时后他们全部下车，车下有穿同样衣服的男女接站。大人们互相有力握手,女人也同样威武雄健。艾米女人好像是那种能接受最粗粝生活的女人,仿佛古代母系社会中的女人。他们簇拥着穿过一片田地,朝不远处一个大庄园走去,走进他们自己的世界。我目送他们直到看不见。

“9·11”对于他们,不知道意味着什么。如果他们受到震撼,他们也是有自己的神明,拯救他们于大灾大难。侄女好奇地问我,这些是美国人吗?我说是的,美国人。她说,真奇怪。我说没有什么奇怪的,这就是美国。

那一天遇到的艾米人,一直鲜活地留在我的记忆中,有如世外桃源的一番经历。他们那样的生活,也许是人类的未来模式? 自有自的神明,能共享世界和平吗?

辛辛那提大学校园充满朝气,中国留学生很多,到处是黄皮肤黑眼睛,他们报到,找住房、找课堂、找餐厅、找同乡,忙着去系里见指导、见教授、见同学。我陪侄女坐在教授办公室,教授跟她讲课程的安排和选课。我人在心不在,什么都听不进去。走在明亮苍翠的校园,侄女初到纽约的惊惶开始消退,她迈着自信轻快的脚步,在这个远离纽约的地方,开始探寻新生活。

晚上在入住的酒店,她随手用一根牛皮筋把头发扎在脑后,大踏步在房间里走了好几个来回。我看着她,她不知道我在看她,我看到她的心已经飞起来,想象着未来的生活,想象着她在专业领域中能够攀登的高度。那年她二十二岁。

许多从双塔中殒命的女孩也差不多那个岁数，刚从大学毕业走进华尔街。在辛辛那提的“玛利欧酒店”，我想起一个来自洛杉矶的美丽女孩，刚在纽约找到一份工作，走进北塔。大楼被飞机袭击后，她在浓烟中用手机给加州的父亲和男朋友打电话，告诉他们大楼起火了，不知道原因，你们不要担心，火很快会被扑灭。

加州和纽约之间的三小时时差，使得在西岸时间清晨五点手机或座机，都没有被听到。女孩一个接一个口讯喊叫亲人，没有人接听，她留下口讯给父亲：Dad！ I love you（爸爸，我爱你）！

最后一个电话是给男朋友的：Remember I love you and I love you so much and so much（记住，我爱你我爱你我深深爱你）！

女孩的照片出现在屏幕上，无法形容她是多么漂亮。她为什么不去好莱坞演电影？

送君千里终一别。两天后我就要回纽约，事情很急必须赶回，来不及再乘大巴，我定了机票。我把侄女送到租房前，她下车，我去机场。我抱抱她没有说话，她青嫩的声音说小舅母，谢谢你送我来。然后她下车了。我知道她那时有点慌，来到这样一个再也不能被叫作天堂的美国，她的心里是说不清的复杂，但她没有改变初衷，依然来了。看她留在空阔大街的红身影，我心生怜惜，然而我不担忧。从出租车的后窗，我扭头看着她渐渐变小的身影，她一直站在路边目送我。她在美国的生活刚刚开始。

机场除了工作人员，几乎没有乘客。候机大厅硕大的电视机不断播放关于“9·11”当天和之后的场景，三天来忽远忽近的情景重又新鲜。飞机上全是空位子，几个军人，一个牧师。牧师上飞机是为在紧急时刻念诵《圣经》镇静乘客吗？本来牧师是慰藉人心的，那天却因为坐了一个身穿牧师服装的人，让我发怵。坐下来就想这架飞机能平安在纽约降落吗？飞机上有没有恐怖分子？谁？

六小时后，飞机进入曼哈顿上空。庞大的机翼扶摇翻飞，准备下降，机翼不时遮蔽我的视野，但足够清楚看到两座废墟。它们仍在冒烟，白色的烟从黑色的洞中升起，曼哈顿岛的夜晚不忍目睹，特别是从天上往下看，那种全景展开的悲剧面容，除了航拍机、电视台专机和卫星拍摄，不会有多少普通乘客，亲眼目睹残局的程度和深度。我不知道这里面有没有天意。我抗拒在那种时刻乘飞机，但我不可避免地在“9·11”之后一星期飞临曼哈顿上空。废墟像两只大睁的瞎眼，朝天上望。

我曾在南、北塔之间穿越，清晨的大厅弥漫着一辈子不会散去的咖啡浓香。冬花园中笔直的棕榈傲然挺立。我的眼泪悄然流下。一个前世已然告终。

对于世贸大厦的毁灭消失,每个人的感受都不一样。有说从此好像失去地标,不知地平线在哪里;有说纽约失去一双明眸,面容被毁;有说心里切掉了一块儿,纽约的骄傲没有了;也有说炸得好，谁让美国当世界警察。有个在外州做事的女校友,说从战略上看这是一次完美的军事行动,漂亮。我没有说话,挂断电话。

本·拉登发誓要彻底打垮美国人。总统和纽约市长,警员和普通市民说,我们不害怕,我们不屈服,我们重建纽约,新大楼将在哈德逊河边站起来。

2003年3月20日美国宣布对伊拉克开战。以美国、英国为主的多国部队进入伊拉克。宣战伊始,纽约市民组织了反战游行。纽约大学的学子们,躺在交通要道上,沉默抗议对伊拉克宣战,他们不希望看到在“9·11”之后,中东的平民死于非命。这些三年前目睹双塔倒塌、目睹被困者跳楼的大学生,三年后聚集在曼哈顿游行,反对政府向伊拉克出兵。儿子也在他们中间。

战争和争端从未停止过,而美国被打进本土腹地,除了珍珠港被日本人偷袭,这是第一次。有一个当天给我发E-mail的朋友这样写:从此美国没有了乐园。

美国的乐园没了。哪里是乐园?乐园在哪里?

一个受到重大袭击的都市，开始舔舐她的伤口，治疗深心的哀痛。不管道路多么艰难，也不管那一天的记忆多么惨痛，重新开始是唯一的生路。

3. 中国代表团

要来的是北京电视台的一个团，来拍纪录片。

拍谁？我们公司。拍什么？I don’t know（我不知道），来了就知道了，你去安排他们住宿，舒，那是Your people（你们是自己人）！

二十世纪九十年代初，国内到纽约的团已经不少。谈项目，考察，看看我们公司，看看纽约看看美国。开放初始生气勃勃，那种打江山的意气风发，至今令人怀念。

我们公司和另外两个投资公司，共同成立了亚洲投资公司，是最早进入中国的美国投资公司之一。简称亚投，总部在北京。那时谈的项目都大，去的省份和城市也多。后来，洽谈的项目都没有成功，我也离开了投资公司，但接待过的代表团一一想来，好比昨天。

到访的中国代表团，下榻不同酒店，宴请规格也不同。最隆重的宴请在世贸大厦南塔一百零六层，公司宴会厅。走出电梯，中心是内圆建筑结构，三百六十度圆形大厅，一段一扇栗色橡木门，镀金把手。外圈也是圆形，像中国官窑瓷器的双圈底足。圆形走廊四周是壁龛，两米不到一格，外罩玻璃，置中国历代名瓷于内。那些瓷器都是公司的收藏。投资公司不仅投资金融和产业项目，也投资艺术品。上司说世界上值得投资的东西太多了，你们中国瓷器也是，China，china ——中国，瓷器。

“9·11”南塔倒塌，中国瓷器随塔坠毁。它们很可能因为八国联军掠劫圆明园，被带离中国，漂洋过海到美国，汇集纽约，后被丁威特购买收藏。丁威特是百年大公司，不知道那些瓷器收藏多少年头？终至在空袭中毁于一旦。

后来每去佳士得、苏富比看拍卖会，每当在各地博物馆看到中国瓷器，都会想起南塔的中国瓷器。我幸运我看过它们，我悲哀我知道它们已毁。

这个中国代表团的下榻酒店，让我为难。财务部门给我的是一个偏低的预算，不要说在曼哈顿，就是住外州的旅店，也难找到合适的地方。而这个团因为要在曼哈顿拍摄，是非要住曼哈顿的。我告诉上司这个钱你让我在曼哈顿找，不如你自己来试试，人家来给我们公司做记录片的，不能大方一点吗？上司笑笑，说杰克要他们来，他们也希望来，但支出都在我们这边，要省着花，你去想办法，你会解决。

办公桌上摊开厚厚的酒店广告，终于在一份中文报纸上，看到中城一家华人家庭旅店广告，立刻穿上外套，拔起高跟鞋，到上司门口说：去订旅店！

经过艰苦谈判，房东同意把价位降到我的预算，说因为是北京来的,不然哪里住到这样的地方?

地点不错,曼哈顿中城,非常方便,地铁、公交车都在附近,便利店和饭店沿街都是,推窗扑面而来的纽约气息,多元的人种,多元的职业,多元的美食,还有河水海水混成的潮气。

楼是三层楼,我订下二楼几乎全部房间,余一间不租。老板说小姐你为什么不全部租下来,多出一间夹在你们中间我租给谁?我说那一间我不需要,你可以出租啊。

少出一份钱,拥有二楼全部。

房东还答应让客人们用厨房,又说看在都是中国人的分儿上,就用吧,当心不要起火。我看看每一个房间,简单、狭小、但干净。

第二天我和代表团在南塔六十五层会议室见面。也许他们没有想到在欢迎的人中间,有一个中国人,所以非常高兴。他们说标准的北京话,纷纷跟我招呼握手。只一个三十多岁的男子不说话,有些清高,但是神情爽洌,气质京城。一个中年女子,说话行事清脆响亮,也是京城气质,她负责节目策划和日常生活。寒暄后跟他们讲定,第二天早上到公司拍片。上司希望他们事先跟我说一下,他们想提的问题,要拍的场景。他们的重点是美国蓝筹股公司的公关。二十年前,"公关"(PR-public relation)两个字,在中国不光新鲜也陌生。我其实不知道该怎么介绍公司的公关,但我想好了,如果说就从租房开始。

为这份工作面试时，几个老板跟我谈话，其中一番终生难忘：舒，跟中方谈判，我方只有你说中文，双方的沟通和理解全仗你，记住，你不能和任何人有桌下交易从中取利，那会使我们在华尔街蒙羞。

所以我干活特别认真，公关就不用说了。我对故乡来的团，所做的是“公关”不能涵盖的。

我把旅店的情况对代表团说了一遍，强调地点方便，可以烧热水泡茶、煮方便面。那时中国代表团到美国，最头痛的是没有开水泡茶，而酒店一律没有开水，水壶也不提供，好几次国内来人，都从自来水龙头里放热水泡茶。

他们的思想准备依然不够充分，到了旅店掩不住的惊讶，里里外外看了一遍，不说话。那个面貌清秀的男子，一言不发坐在小客厅沙发上。客厅是个弧形宽过道，紧挨厨房。中年女子说谢小姐，跟你就直说了，我们这次来，是拍你们公司短片的，向中国介绍你们，说好拍成之后，亚投付给我们一笔钱，你能不能跟他们说说，先付一部分钱给我们，换一个好些的旅店？

那时没有手机，下班时间又过了，只好说明天我来沟通，今天暂时这样好不好？于是我下楼到街上超市买了两大袋食物，拎回旅店，说，厨房有冰箱，想自己做饭的话，可以自己做。他们说嗨，你真客气，幸好有你。

我说不要客气，要是我做预算，给你们五星级酒店！

这是个无可奈何的玩笑，一说出来大家都笑了，一星级五星级根本无所谓了。我坐下来又跟他们闲聊，他们问起我怎么会在这样的大公司供职，我问起他们怎么认识杰克。他们向我介绍那个表情清淡的男子，说他是团长，电视台新闻部主任，作曲家王黎光。

我天生对艺术家有好感，艺术家是上帝最宠爱的孩子。他们有两颗心，一颗在人世，一颗在天上。我问他作过什么曲子，他说有个新拍的电视连续剧叫《年轮》，写东北知青的，主题曲就是他写的。我一听眼睛闪亮，告诉他我没有去过北大荒，但我是知青，有空一定要找这个电视剧来看。王黎光说好。

离开酒店时，王黎光客气地笑笑，说明儿见！

“明儿”的会面是愉快的。大家神清气爽，王黎光像换了一个人。预付款项和换酒店的话题，就没有再提。乘坐大巴时，女制片跟我聊得很合，她说她信佛，问我信不信。我说抱歉，我没有信仰啊。两人相视而笑。她说谢舒我觉得，你有慧根，应当信佛。我说我要是有慧根，早就出家了。她听了就很喜欢我，彼此的关系又近了几分。一年后，出差北京的同事回来告诉我，女制片辞掉工作去了西藏。

出家了吗？

不清楚，念佛经去了。

我接待过的代表团团员，男女老少，职位高低，思维敏钝，各有不同，日后的命运也跟中国的改革开放一样，大起大落，千转百回,叫人百念丛生。

在会议室,我们开始谈纪录片的摄制。那个年代,中国对美国陌生,美国对中国也陌生。然而陌生有时真是好事情,距离感有美感在里面,容易产生没有经过实践检验的好意。实践是试金石,像锋刃。那是试水的几年,虽未成功也重要,为后来进入中国进行大规模投资的美国公司,提供了经验。

他们回去以后,如何制作和剪接出这部纪录片,我不知道了。但就是这个代表团留给我最深印象。因为有个作曲家。

参观公司的那个早晨,我们站在街边仰望南塔,上司一手搭在王黎光肩上,手指着我,用日本鬼子的蹩脚中文问他:请你告诉我,王先生,她的中文好不好?王黎光看看我,闪了闪眼睛不假思索地说:她的中文很不好。他也用日本鬼子的蹩脚中文回答上司。大家哈哈大笑。于是忽然,一切的不悦都化解了。这就是公关,不是吗?公关是让彼此接近,喜欢对方,从而产生信任,化解不悦建立诚信。

王黎光抬头仰望双塔高楼时,随口开的玩笑,展现了他性格中的气度和光亮。这样性格的作曲家,一定能谱出卓然独立的乐曲。那时我并不知道,我的这个并非十分明朗的感觉,后来一再被他证明。今天,王黎光先生已经是中国最著名的作曲家之一了。

《年轮》写的是北大荒知青的故事。片尾曲《天上有没有北大荒》,旋律和节奏不伤感,但很伤感。

问爹问娘问夕阳
天上有没有北大荒
喊儿喊孙喊月亮
天上有没有北大荒
…… ……
别让我回头望
让我走一趟
高高的白桦林里
有我的青春在流浪
…… ……

后来看影视剧,经常看到“作曲 王黎光”;《密战》——作曲王黎光。《天下无贼》主题曲——作曲王黎光。《唐山大地震》《贞观长歌》《宰相刘罗锅》—— 作曲王黎光。获奖作品《京华烟云》—— 作曲王黎光。四十多部影视剧的作曲,王黎光。不仅如此,配器和指挥,很多也是他。

影视剧的主题曲,引领全剧展开,掀起结尾高潮。编剧、导演、演员演绎人物命运,主题曲是命运的核心提炼,一曲响起,全剧澎湃。

2004年冯小刚导演的电影《集结号》催人泪下。战争的无常性和以个体生命为代价的胜利，带来沉重的深思。当片尾出现导演、制片和演员等等一长串的名字时，我再次看到：作曲王黎光。

那一年，距离我接待这个代表团过去了十年。

后来看到王黎光谈他怎样为《集结号》写主题曲的过程。

他说，我们希望感受到人们渴望和平的凝神，听到牺牲者心底强烈并有共鸣感的宁静。但音乐的平静又怎能抹去人心中的波澜。

他说他多次选用体现主部主题的大提琴、圆号和低音长笛这些中音乐器来演奏，并在最后设计合唱声部，使得影片对于人性的呼唤，在结束处达到高潮。

“音乐在情绪涌起时突然安静下来，一段双簧音色的手风琴独奏娓娓道来，让我们在回忆遥远过去的时候，有一种从内心里发出的哀伤，这是一种对于战争中所有牺牲者的呼唤。当乐队重新进入的时候，人们听到那非常人性化的音乐表达，它像一部委婉和哀伤的安魂曲，为我们失去生命的战士立下了一个永久的安魂碑。”

多美的文字。磅礴而细如弦丝。

这是一段貌似跟“9·11”纪实回忆无多关系的文字。但对我来说，这比谈成一个大项目更重大。在南塔倒塌后，这给了我超越诸多障碍的寄托。

在南塔观景台上，我们拍了很多照片。记得是穿初秋衣衫季节，也许也是九月。五年后，两栋大楼在冲天火光中化为灰烬。

2001年9月11日早上，看到南塔倾塌，刹那间我想起陪同过的每一个中国代表团，特别是登上过观景台的中国代表团。你永远不知道会遇上什么，只有在灾变过去后，你才知道原来你幸存下来。

随南塔丧生的游客中间，有没有中国游客，我不知道。也许不应该这样想。每一个死去的人都是我们难忘的心痛。

现在那里是新的塔楼，刺破晴天。地面上下沉式纪念水池，水墙流水不息，水声永夜不断，绵亘的思念，不绝的勇气，绵亘不绝的生命。

假如有到过世贸双塔的中国作曲家，以渴望世界和平为主题作一首交响乐，我们会听见怎样的旋律？

大提琴和圆号，合唱声部，双簧音色的手风琴独奏，低音长笛，都是能把人类心灵创伤和生命继往开来的感情，表达到极致的乐器。

或许，让苏格兰风笛在结尾吹响？

“当乐队重新进入的时候，人们听到那非常人性化的音乐表达，它像一部委婉和哀伤的安魂曲，为我们失去生命的战士立下了一个永久的安魂碑。”

写出这段话的作曲家，也能谱出让天下人遥望蓝天的交响乐。

后　记

1

那年夏天我在纽约一座公立图书馆，与来自台湾的图书馆员谢女士，有过一次会面和对话，之后我们再没有见过。这段经历后来反复想起，每次想起不能平静，于是写了《谢女士谢女士》。

除了台湾的谢女士，许多在我生活中经过的人，都留下印记，会在多年后反复回到记忆中，在只有我看得见的地方，像对我说话，却欲言又止。他们经历的人生都藏着层层复层层的含义、隐喻和昭示。他们以微弱沙哑的声音，说着各自的遭际，以零碎的片段补贴时代的大景观。这些微弱和零碎尽管对亲历者来说，是天不可灭，地不可埋，但若不写出来，就被光阴带走，了无留痕。

于是我开始一一写下这些寻常故事，并没想到有一天发表、出版。倾诉的固执驱使我不断地用文字倾诉。除了写我自己在美国的三十年经历，还在他人的经历中，寄托摆放我们无以安放的前半生，和远离故土的后半生，把它们编织起来，展开来观看阅读，那是一种多么细微的大场面。

几年过去，这些历经数年写出的文章，集成这本《谢女士谢女士》。

当百花文艺出版社把打印的书稿寄给我时，这一路写作的种种情景如在眼前。写作的时候，你在一个别人看不见的所在中，把从前找回来。而把从前找回来是痛苦的。

俄国诗人普希金说："一切都是瞬间，一切都会过去，而那过去了的，就会成为亲切的回忆。"过去了的就会成为亲切的回忆吗？

不是。很多瞬息，虽已过去，但不是亲切的回忆，更多的是切而不亲。因此很多人不愿意回忆，回忆也难免有选择，入木三分更是不容易。这是我们这代人一个无以言说的特点，最痛的往事最不能想，最不愿想，留下不示人的刺青。

我曾对美国的一个学者说："没有经历过的人永远不能理解那种丧亲之痛。"这句话我一直没忘，也许最终成为我敢于坦然写作的提示之一。我们这些有幸能写，也能承受文字描述中呈现出来的悲剧的人，应当在能写的时候写，不然都将烟消云散。

托尔斯泰《安娜·卡列尼娜》的开头：幸福的家庭都是相同

的，不幸的家庭各有各的不幸。

这话我却有不同的理解，在我们老三届人的网络原创作品中，诸多对青春的回溯，也颠覆了这个结论。我们年轻时，所谓幸福的家庭因为不同的追求和索取手段而各有各的幸福；不幸的家庭却大同小异，有着相同的不幸——痛苦的现实生活和痛苦的内心世界，贫穷无望，身心摧残，劳燕分飞，流落远方难以回到故土。

而海外华人又有另一层苦乐，尽管出国是个人选择，毕竟背井离乡。很多人的经历，像古沉船中被淤泥和海藻深埋的宝藏，如不是有朝一日被发现，就永远在海底沉睡。这样那样的故事，震动着我，于是一笔笔写下来，就像打捞沉船。

曾经跟陈丹青说过几个故事，他希望我用素描的手法写出来，不写，等于一切没有发生，而我们这些亲历了劫难的一代人，很快就要走完我们的人生，不写来不及了。被写出来的一切，都承载着艰难的幸福和幸福的艰难，在秋天变成黄叶，或许你能看到它们在枝头飘摇。

《谢女士 谢女士》这本书就这样走过她命定的历程，呈现在你面前。

2

如果没有百花文艺出版社，这本书不可能出版。

之前我和先生合写的《海外寻奇》，经作家山谷介绍，给上海一家出版社，编辑是女孩小邬。我探亲，她从上海来南京看我，不久她把合同寄给我，可第二天即接来信，告知合同撤销，因为换新社长把前任的很多项目否定了，《海外寻奇》在其列。

比起我二十世纪九十年代初的一个遭遇，这不算最沉重的打击。我在哥伦比亚大学女生宿舍看大门时，开始写《陪读太太》，白天上班，下班写。寄回国即被一家出版社接受，两个女编辑连夜读完送去总编室，很快通过送到印刷厂去。然而准备印刷的书稿被撤回，从此没有下文，理由也因为一个领导另有所想。

在异国他乡，打工挣学费，千辛万苦写了一部书，最终从厂里的印刷机上撤下，打击可以想象，我不再想写作，因为我不是一个百折不挠的人。然而父亲对我说：写下去，写下去。

我回到纽约不久，接到山谷的信，说天津百花文艺出版社的编辑杨进刚，到南京组稿，请几个作家出一套丛书“文心藏趣”，问能不能把《海外寻奇》给他。

能在恰好的时间遇到恰好的人，这是巧遇和幸运。

杨进刚不仅对书稿负责任，也对作者负责任，拿到我的书稿后仔细审读，他因从文章中看到我提及父亲，便上网查看家父的资料，得知他生前是收藏家，并将藏品分别捐赠给南京博物院和江阴博物馆，对他有了很大敬意。他非常喜欢书里写的寻奇故事,不明白为什么会被那家出版社撤销合同。

2010年1月1日,《海外寻奇》由百花文艺出版社出版。

之后,先生写了《物聚人散》,我写了《翡翠女人》,主编都是杨进刚。2014年,《翡翠女人》版权被台湾引进,更名《翡翠女人传奇》出版。

我遇到了一个言而有信的出版社,一个言而有信的编辑。

有人说做任何事都不要问收获。如果果然没有收获,谁还果然播种吗?在我发表文章和出书的诸种经历中,与百花的合作是最舒服最轻松的。我们之间建立的是纯粹的编辑和作者间的关系,清正明亮。这种老派正派的做法,令人安心放心。

百花的两本杂志《散文》和《散文·海外版》,先后选登我几篇散文。去年我去北京,专程到天津看望杨进刚和美编,还有从未谋面的《散文》编辑。我们在一起吃了一顿饭,杨进刚做东。我们像多年的朋友,聚散随意。这种简洁清亮的关系,很多年前在不少老编辑和年轻作者身上见过。那个年代似乎已经结束,现在的人际关系像3D,复杂立体不堪重负,需要你有百变神功去打通关节。

但我跟百花的关系,至简至净。

《谢女士 谢女士》完稿前,杨进刚已调离百花,出任天津美术出版社副社长。我也高兴也担忧,跟一个编辑交往几年,彼此熟悉了，换一个编辑从头来起，心中不安可以想象。最近才知道新编辑是个八〇后女孩，我又未免担心，可是当我从邮箱中看到发来的排印稿时，心底生出一种久违的感动。

在这个做什么都像坐过山车一样飞快的时代，在这个无数人做着一夜致富的大梦时代，但愿读到这篇后记的读者，尤其是喜欢写作的读者，知道我们还有百花文艺出版社这样的出版社，我们的编辑中还有杨进刚、美编刁子勇、散文刊物的不知道名字的女编辑，现在的编辑小赵，从前的编辑小邬，那样敬业的编辑。面对纸质书式微、出版社步履维艰的局面和未来，他们仍旧对文学、出版出书、对作者，肩负起编辑者的责任，兢兢业业，端端正正。

3

最后说说为我写序的陈丹青。

1996年我在纽约的杰克逊高地路遇见他，我们都住在那一带，木心离得也不远，我和陈丹青于是在马路上聊起来，成为邻居、朋友。请他写序我没有想到过，他很忙，不想打扰他。不想请他还有一个原因，不好意思。给人写序最是难，要说好话，好话好听不好说，他说最怕给写得不好但又不能说不好的人写序。

不知道我是不是属于这种。但我也不管了。陈丹青写文章说话，你无法预测，说出来你一看却知道这就是他，只有他才会这样说这样写。比如这篇序，就不是一个总评，而是开启。

谢谢丹青。

2016年10月26日—11月8日

南京